新潮文庫

アップルの人

宮沢章夫著

新潮社版

8607

目次

I

II

III

Ⅳ

イラスト　宮本ジジ

アップルの人

I

「幻想」と「現実」のはざま

コンピュータはハードにしろ、ソフトにしろ、それさえあればなんでもできる気に人をさせてしまうから困りものだ。

それで私は「Final Cut Pro」を買ってしまった。しかしよくよく考えてみると、ビデオカメラで動画を撮影することがほとんどないのだった。そんな人間に「Final Cut Pro」がなんの役に立つのかわからない。私はこれでも舞台の「演出家」ということになっており、最近の舞台は映像を使う傾向が強く、映像を自分で作ろうという意志がなかったわけではない。コンピュータを使い映像を編集・加工する作業はいまではあたりまえのことになっている。数年前、コンピュータにおける映像作業を学ぼう、ネットのどこかに情報があるのではないかと探したことがあった。親切な人がいた。技術的なことを親切に教えてくれる。技術的にもかなり高度な人だと思えたし、きっとすばらしい作品を作っているのだろう。

親切な人の作品がすごかった。

「友人の結婚式」

なるほどなあ。たしかにそれはそうだろう。職業的に映像をあつかう人ならいざ知らず、ふつうに映像を撮るとしたらそれはごく身近なものが素材になるので、たとえば、「長男の運動会」「墓参り」「町内美化運動」「きょうの献立」と、きわめて日常的である。悪くはない。そのことを責める資格は私にはない。ただ、私の目的がそうした日常的な記録ではなかったので肩すかしをくらった感じがしただけだ。だが、コンピュータによる映像技術はさらに進化し、それは「誰もが簡単に高度な映像作品を作ることができる」といった方向になると予測され、するととんでもない作品が生まれてしまうのではないかと少し不安だ。ただの「友人の結婚式」が次のようなものになってしまう。

「CGで飛び回る新郎と新婦」

そんなものを作っていったい誰がうれしいんだ。「ほら、今回はいい作品になったよ」と、結婚した友人にビデオを渡す。見れば、新郎の自分が式場を飛び回っている。あるいは、CGやワイヤーアクションで有名になったSF映画『マトリックス』の続編で大量に増殖するスミスのように、次から次に出てくる新郎、キスをする新婦、さらに出てくる新郎、キスする新婦といった映像作品「友人の結婚式・無数の新郎」がはたして面白いだろうか。なにか趣旨をまちがえてはいないか。では、次のような映像はどうだろう。

「長男の運動会、光を放ちつつ走る長男」

どうなんだ。

どこかで趣旨をまちがっている。映像にとってなにが大事か。けれど、高価な映像用コンピュータソフトを買いながら撮影すらしない私に比べたら、「なにか撮っている」という時点で彼らのほうがずっとえらい。なにか撮影する。まずはそこからであり、コンピュータで編集し加工するのは二次的な作業だ。そして作品が生まれる。

「眠る猫。ときどき動く」

立派な作品である。ときどき動くんだ。生きているんだ。耳をぴくぴくさせるかもしれない。立派じゃないか。だったら「水を飲んでいる父」「歯を磨く父」「妙な声をあげる父」という「ドキュメンタリー・シリーズ父の毎日」だってすばらしい作品かもしれない。

だが、こうしてネガティブに書くことですべてを否定しているかのようだが、コンピュータによってなにかできる、私も「表現者」だと思わせる「幻想」が無意味だとは思わない。「幻想」だっていいじゃないか。「幻想」を見させてくれよ。なにしろ私は、「Final Cut Pro」を買ってしまったのだ。かつて別の場所に書いたこともあるが、コンピュータを初めて買ったのはもう十数年前になる。ただの文筆業者でしかなかった私が、コンピュータを前にまず思ったのは次のようなことだった。

「俺はプログラマーになる」

この短絡性はなんだったのか。もちろんパーソナルコンピュータの草創期、コンピュータを使うことがすなわち自分でプログラムを作って動かすということだった時代を知らないわけではないものの、だからってなあ、それはいきなりな「宣言」だったし、コンピュータについての認識がまだ一般に浸透していない時代だったので、友人たちはこぞって思いとどまるように言った。それは遠回しでありながら、言葉を発する口ぶりには否定があった。

「まあ、どうしてもなりたいんだったら、止めはしないけどさ」

私はならなかった。というか、なれなかったと言うべきだ。さらにそのあと、「ウエブデザイナー」になるとか、「ネットでビジネスをはじめる」とか、コンピュータ業界の動向に影響され、動揺し、自分が文筆業者であることをつい忘れがちだった。そしていまはコンピュータと「Final Cut Pro」を前にして、「映像作家」になると、真の映像作家が聞いたら叱《しか》られるようなことを宣言しかねなかった。コンピュータが個人のものになってから歴史的にも様々な変遷《へんせん》があり、その文化を取り巻く状況も変わっていれば、「コンピュータの未来」への希望、あるいは先に書いた「幻想」も崩れかけている。これは先にも書いたように、たとえば高度な技術によってできた映像作品が、多くの場合、「友人の結婚式」だったりして、高度な技術にとってそれはふさわしい素材か、という疑問が生じる残酷な現実をまのあたりにしたことと無縁ではない。だがそんなことはもうどうでもいいのであり、コンピュータをめぐる混迷や、なにかおかしいのではないかといった疑問をいまさら取り上げるのも凡庸である。ただ、「幻想」をもっと見せてもらいたいと人は思っている。それこそがコンピュータの、あるいはＭａｃが持つ役割なのではないか。

とはいうものの、おかしいものはおかしい。疑問はどこまでいっても疑問である。理想や可能性への希望より、「疑問」が上まわってしまうのはいかがなものか。

「勘定奉行」

奉行はごめんだよ。おそらくWindowsの会計ソフトだと思うが、もし自宅に「奉行」がいると思うとおそろしくておちおち眠ってもいられない気がする。

奉行は無謀なことを言いはしないか。

「私は奉行だ」

いきなりよくわからないことを言う。そして「奉行」は、「えー、わたしが奉行と言うことになりますと、私は奉行らしい振る舞いをしたいと思うので、えー、今日からあなたがたは、下級武士です」とわけのわからないことを考える。私ははっきりさせておきたいが、NHKの『その時　歴史が動いた』があまり好きではなく、番組で印象に残っていることと言えば、やけに生き生きとし、やけにテンションの高いNHKの松平アナの司会の姿だ。歴史好き、なかでも幕末好きにはたまらないプログラムかもしれないが、歴史好きもやはり「奉行」はごめんだと感じていると想像する。コンピュータには可能性がある。「奉行」は可能性なのか。だったら秀吉《ひでよし》の生き方に学んだこんなソフトはどうなのか。

「勘定足軽」

だめなんだろうなあ。売れないだろう。だったら「勘定水戸の黄門様」はどうだ。だめに決まっている。可能性を私は信じたい。なにしろそれは、「コンピュータ」なのだから。

愛マックだけはやめてくれ

もちろんWindowsユーザーのすべてが愚か者ではないとは絶対に言い切れないが、以前ネットを徘徊《はいかい》していたとき、熱心なＭａｃユーザーが、Windows風の「拡張子」が許せない、「なんなのよ、拡張子って！」と書いているのを読んで、いったいどうしてくれようかと思ったのだった。だってそれはネットにアップしている文章だったのだから、ＵＮＩＸで動作しているインターネットではいやでも、「.html」といった種類の拡張子を付けなくちゃアップできなかっただろうと思ったからだ。

このことから、私はひとつの結論に達した。

「Ｍａｃユーザーには、ばかものが少なからずいる」

飛行機のなかを舞台にしたアップルのＣＭを見たとき、皮肉さがたっぷり仕込まれたあの感覚はいかにもアップルらしいと思ったが、それ以前、Ｍａｃユーザーが出てきてＭａｃのよさを語るＣＭを見たとき、これは逆効果ではないかと正直なところ思ったのは、出てくるやつがみんなばかものに見えたからだ。特に女子大生のヒステリックに語る姿を見て、いったい誰がMａｃを買うのか、こんなやつと一緒にはなりたくないと思った人間がどれだけいるか心配になった。少なくとも私はそう思った一人で、だからCM放送当時、「コンピュータはなにをお使いですか？」と質問されると、いきなり話を変えようと苦労し、渾身《こんしん》の力を込めて話をよくわからない場所に連れていったものだ。

「まあ、お使いのコンピュータは、すなわち、いろいろあってあれだけど、つまるところコンピュータってことは、まあ人はふつう、お使いは、ってことだけど、お使いっていうのは、つまり、いま使っているということであって、むしろそれは、いまか、それとも、いまさっきかっていったら、いまさっきまでは、ただお腹《なか》がすいていたので、ぐーぐーぐー、ああ腹へった、ってことになって、ぐーぐー、コンピュータというより、ぐーぐー、昼ごはんの問題は、なにより生きるって問題なわけだし、ぐーぐーぐー、いやはや、ちょっと時間が早いけど、いまのうちになんか食べておきますか？」

するると相手がさらに「いや、コンピュータが」と言い出すのをさっとさえぎり、私は少し声を大きくして言ったものだ。

「腹がへってはいくさができぬ」

そして不思議なことにその時点で質問者はコンピュータのことをつい忘れ、「じゃ、なんか入れときますか、いまのうち」と言い出したらしめたものだ。「和食がいいですか？　そば？　だったらこの近くにうまいそば屋があるんですよ」と蘊蓄《うんちく》を披露したがるので、「そば、そばだよね。こういう日はそばに限るね」などと共感を示せば、コンピュータよりもすでに彼は、「そば」のことしか頭になくなっており、次から次へと「美味《おい》しいそば屋の話」をしてくれる。

「コンピュータよりも食欲」

人は食欲の前で無力である。ほかのことなど忘れているのだった。いかにここでコンピュータの話から「食欲」に文脈をずらすかが問題だが、先に書いたような例のほかに、手としては次のような暴力的な方法も意外にいけるのではないかと私は思う。

「コンピュータはなにをお使いですか？」

「腹がへって、もう動けねえ」

そんな人間にいくらコンピュータの話をしたってしょうがないだろう。

少しまじめなことを書けば、Windows かＭａｃかといった話は不毛であり、慣れているほうを使えばいいと私は考える者である。しかし、プラットホームの選択肢が、Linux を含めても三種類ぐらいしか一般に流通していないのは問題だ。

「Ｍａｃ使ってる?」

「ああ、もちろん、Ｍａｃさ」

と共感を抱く二人だが、聴いている音楽は、一方がメタルで、もう一方がテクノで、見れば着ているものの趣味も好きな音楽に左右されて大きく異なる場合、事態はかなり複雑な様相を呈している。そんな二人がコンピュータショップのＭａｃ売り場を仲良さそうに歩いているのはいかがなものか。手をつないで買い物をしだしたらどうなのか。肩を組んだらいかがなものか。馬跳びをしたらどう考えていいか。そもそも売り場で馬跳びはかなり迷惑な話である。

「お客さん、馬跳びはちょっと……」とＭａｃ売り場の店員で、エヴァンジェリストとしての誇りも感じているＭａｃ愛好家の彼は、お店を管理する意識でそう注意するだろう。だが、馬跳びをしていた二人は声をそろえきっぱり口にする。

「だって、僕たち、Ｍａｃ大好きなんです」

店員は少し考えた。それは素晴らしい。きみたちは兄弟だ。

「わかりました」

店員もまた、馬跳びに参加してしまったのである。しかも店員は「モーニング娘。」の大ファンだった。はたしてこれを、ばかな話だと一笑に付すことができるだろうか。

ありえない話だとはなから決めつけていいものだろうか。そんなことはない。ここにこそ、「Macintosh の文化」があるのだ。これは「文化」の問題である。コンピュータショップでする「馬跳び」が迷惑なものか。Ｍａｃが好きな者なら、どんなに迷惑だとわかっていても、コンピュータショップで「Ｍａｃが好きさ、Ｍａｃ大好き、Ｍａｃでなくっちゃだめでげす」とかなんとか言いながら、相撲をとるぐらいのことはしなければならないのではないか。

　さらにまじめなことを少々書かせてもらえば、ここには「差異の同一化を促す大きな物語」としての「Macintosh」という、「差異の拡大」が顕著な時代における希有《けう》な文化的状況があるのだから、これはこれで大事にすべきことにちがいない。

　しかしながら、Ｍａｃが好きな者のなかに分裂があるとしたら、「Ｍａｃを分解する者」と「与えられたＭａｃを疑問を持たずに使う者」の二者が考えられるだろう。「Ｍａｃを分解する者」は内部をばらしてボードのレイアウトにほれぼれし、さすがアップルの設計思想は素晴らしいと陶酔するのはどうかと思うものの、疑問を持たない者のほうがよほど深刻である。

「ただ、ｉＭａｃさえあればいい」

　ショップの人にメモリぐらいは増設してもらったかもしれないが、あとはどうでもいいのだった。分解しがちな人がよくやるタブーであるところのクロックを上げるなんてことは考えもせず、iMacさえあれば周辺機器のことさえ思いもよらず、本体だけでなにもかもすませてそれで納得している人たちだ。

「iMacを文鎮がわりにする」

風の強い日、窓からの風で書類が飛びそうになるのをiMacで飛ばさないようにする。ほかにも「iMacを物干しがわりにする」というのはどうだ。iMacの上に洗濯物を乗せて乾かすのである。「iMacを部屋のインテリアにする」「iMacを部屋の照明がわりにする」ならまだいいが、次のようなことになったらどうするかだ。

「iMacを部屋の、iMacにする」

なんのことだかもうわからない。だいたいあたりまえじゃないか。なぜならそれはiMacだからだ。いや、私はそれがいけないとは一言も口にしていない。それならそれでいい。ただひとつだけ言いたい。なにで見たのか忘れてしまったが、「iMac」を「愛マック」と書くのだけはやめてくれ。

即納の思想

知人の一人に、「限定」という言葉に弱いと話していた者がいる。かってならたとえば、カシオの腕時計「G-SHOCK 限定モデル」など、発表されたらもうたまらないとすぐに買いに走った。そこに「限定」の恐ろしさがある。人は「限定」の前で無力である。

「限定二十本、日田天領水、残りわずか」

そんなふうに書かれた広告があったら、それがいったいなにかわからなくても買ってしまうものである。そもそも「日田天領水」とはいったいなんだ。家のポストに、投げ入れられた「日田天領水」の広告があって、見れば、粗雑なデザインのチラシは、「10日（日曜日）16時55分・日本テレビロンブー龍で紹介、笑点の前です」と、いきなりな言葉ではじまっていた。文章がおかしいばかりか、広告の冒頭に書くような内容ではないだろう。「なにが？」とつい言いたくなってしばらく読んだところで「日田天領水」の広告だとわかるものの、それがわかったからってどうなるものではない。

ところが、もしこれに「限定二十本」とあったらどうだ。買わずにいられない気持ちに人をさせるから恐ろしい。だが、問題は「限定」だけではない。人は様々な種類の「弱い言葉」を持っており、「それを言われると、俺、ちょっと、どうもだめで」といった、「弱い」ものがある。人を魅惑する言葉がある。

いま、「Macintosh の世界」で、人を魅惑するのは間違いなく次の言葉だ。

「即納」

先日、あるミュージシャンの方とお会いした。かねてよりMａｃ使いであるその方は、私もMａｃを使っているのを知っていて、私の顔を見るなり、「G5、買う？」と声をかけてきた。それはまだ、「G5」が発売された直後のことだったので、「どうやら、供給が追いつかないみたいですね」と言葉を交わしたような記憶があるが、それで「G5」を改めて意識するようになり、いつ買おうか検討していると、しばしば、ネット上の広告にこうあるのを目にした。

「即納」

やられたなあ。こいつは参った。なにしろ「即納」だ。「即納」といったら、「即座に納品する」ことを意味するので、午前中に注文したら、午後には届いているかのような勢いをそこに感じる。だからたとえばそれをもっとやんわりと、「いますぐ納品できます」では絶対だめにちがいない。言葉は丁寧だが、丁寧なコピーではいまひとつ弱い。ここは、もっと大胆に「即納！」ときっぱり宣言しなければならないのであって、それを目にする側もやはり、「来るんだな、来ちまうんだな、それも、即座によ」と身構えるような気持ちで、つい注文してしまいかねない力がこの言葉にはある。だったら、もっといい言葉はないものかと販売の人は考える。「即」はどうか。いきなりの「即」だ。「何も言うな、即である。すぐである、いますぐである」といった気概がここにはあるが、さらに強さを感じるのは間違いなく次の言葉だろう。

「納」

もうこれだけでいい。「即」なんかもういらない。「即か、即でないか」などこのさい問題にせず、とにかく納める。相手がいやだと言っても「納める」というきっぱりとした態度が「納」にはあるのだ。納められた者はたまったものではないかもしれないが、「納」なんだからしょうがないじゃないか。

「納まりました？」

「納まりました」

よくわからないコミュニケーションがここに生まれる。そして、それは二〇〇三年十月の半ばのことだった。Apple Storeで「G5」を注文しようと思い、ネット上で手続きのサイトにいろいろ記入するあの少々面倒な作業をしたあげく、出てきた答えに私は茫然《ぼうぜん》とした。納期が示されていた。

「二週間から三週間」

いったい、その二週間から三週間のあいだなにをお前たちはやっているのだ。しかもこの漠然とした期間設定はなにごとだ。もっとはっきりした設定をこと細かく説明してくれたらどうなんだ。

「お客様のご注文をお受けするのに約三日かかります、と申しますのも、注文を受け付ける者が、社内でも名うてのうっかりもので、つい、注文を見逃してしまうのは目に見えており、それで、直接、注文を処理する担当の者に渡すのにさらに四日かかると予測されまして、なぜなら、注文を処理する担当の者がこれがひどいかんしゃくもちで、注文を受けたらきまって、その渡し方はなんだ、その口のきき方はなんだと顔を真っ赤にして怒るものですから、渡すほうもついつい渡しそびれてしまうからで、機嫌のいい日を見計らって渡すことになるからですが、機嫌のいい日はたいてい五日周期でやってくることはわかっておりますから、運がよければ、すぐに渡せますものの、万が一、年にいっぺんあるかもしれない『かんしゃくもち週間』にあたってしまうというような、運が悪ければ一週間かかるかもしれません。それがすんで、注文を処理する者が、直接の担当者に渡して、うん、わかった、引き受けようと返事をもらうのにさらに五日。というのも、担当者が書類を理解するのにこれくらいの時間がなければだめなほどのばかもので、えーと、これはつまり、なんだ、なにをどう注文しているのか、なになに、うーん、なんだろう、などと考えているうちに、五日はかかるだろうと予測され……」

まあ、こんな説明をされてもひどく困惑してしまうが、とはいえ、いきなり「二週間から三週間」という漠然とした納期よりはずっと「読みごたえ」がある。

なぜならばかだからだ。

「二週間から三週間」という事務的な言葉より、「ばかの話」のほうが聞いていて楽しいじゃないか。

だが、やはり「即納」の力にはまったくかなわない。

ことによると、「即納の人」は「Power Mac G5」の箱を抱えてものかげにひそんでいるのではないか。ことあれば、さっと姿をあらわし、「お待たせ」とばかりに「即納」である。額には「即納」の文字。「あなたは？」とつい聞きたくもなる。

「私こそが即納の人です」

そう高らかに言うと、あははははと笑い声を残し「即納の人」は帰ってゆく。残されたのはまちがいなく「Power Mac G5」だ。たいしたもんだよ、「即納の人」はと、家族一同、感心しきり。子どもたちは目をきらきら輝かせ、「将来は僕も即納の人になる」と宣言する。考えてみれば、かつてのデリバリーピザの配達は「即納の人」だった。「三十分以上かかった場合は料金を割引します」というのが売りだったが、最近では事故の可能性を考えてか、そうしたサービスもほとんどない。いったいいま、「即納の人」はどこにいるのだろう。だからＭａｃを販売する店はいまこそ、「三十分以上かかった場合は料金を割引します」と広告を出すべきである。

即納してほしいんだ。「一週間から三週間」というあの曖昧《あいまい》な態度はなにごとだ。そんなことでこの暗い時代を乗り越えられるものか。凛《りん》とした「即納」の思想こそがこの国を救う。「即納だぞお」とか、「即納するぞお」といつでも構えて待つ。まあ、かなりうっとうしい会社ではあるが。

秋葉原とマトリックス

いまなにより見てみたいのは、「ピーコの秋葉原ファッションチェック」で、「なにー、もう、これ、なんでTシャツ、ジーンズの中に入れちゃうの、しかも、ジーンズ、変な形だし」といった発言が想像されるが、しかし、そんなことを私は書こうと思っているのではない。秋葉原が「千代田区」にあることが問題である。

二〇〇二年の十一月一日、朝日新聞に次のような千代田区に関する記事が掲載された。よく知られたニュースである。

「歩きたばこなどを禁じた条例を施行した東京都千代田区で1日から罰則が適用される。10月1日の条例施行後、1カ月間は『注意期間』として猶予《ゆうよ》していた。パトロール隊を強化して違反者からは過料2000円を徴収する」

もちろん喫煙者である私は、このことにかなり苦々しい思いを抱いていたが、記事を読んでいちばんに気になったのは、なにをおいても「パトロール隊」以外にない。「隊」である。すごいことになっている。これがたとえば、「見回り組」だったら私も穏やかな気持ちで記事を読んでいただろう。「隊」と聞いてじっとしていられるだろうか。しかも、「パトロール隊を強化して」とあるからには、それまでかなりだめな「隊」だったことをうかがわせる。そもそも、「パトロール」をしていなかったかもしれないではないか。

では、なにをしていたのか。

いちおう「隊」だから集団だったと想像するが、だらだらと数十人で町を歩き、しかもはぐれる者もいて、しかし、そんなことはおかまいなしであり、歩いている途中で、自分たちがなにをしているのか忘れてもいた。なかにはピクニックだと思ってる者もいたし、「歩け歩け運動」だと考える者もいる。そもそも千代田区といっても広いのだと、歩いているうちにようやく気がついて、秋葉原にたどりついたときにはもうへとへとだ。それでも、パトロールしているのだという気持ちがなかったわけではないので、いちおう、パトロールらしきことはしたいが体力は限界、何人かは秋葉原の駅前で力つき倒れ、何人かはアキハバラデパートで買い物をし、駅前の喫茶店「古《こ》炉《ろ》奈《な》」に入ってコーヒーを飲み、また何人かはうっかりパーツ屋に入ってマザーボードやCPUを買っていたので、気がつくと自作機を完成させていた。

だが「強化して」だ。

ここに書かれた「強化」はただごとではないと想像でき、はぐれる者などけっしていないし、「マザーボードやCPUを買い」はもってのほかであり、「パトロール」の「隊」を「強化」ということはつまり、なんというか、要するに、「ハンマー投げの室《むろ》伏《ふし》六十人体制」ぐらいの、ものすごいことになっている。さらに記事は続き、「路上喫煙はJR神田駅や秋葉原駅、有楽町駅などの周辺8地区で禁じられた」とのことで、だったら秋葉原なんかに行くものかと喫煙者の私は強く思った。

だが、これは今回書こうと思うテーマのほんの序章にすぎない。

映画『マトリックス』について私は書こうと思っていたのである。それというのも、「秋葉原なんかに行くものか」と一度は考えたが、コンピュータが好きということもあってつい行きたくなるし、秋葉原にはなにかを喚起してくれる奇妙な現象がそこかしこに出現しており、それはもちろん、最初に書いたような、「Tシャツをジーンズの中に入れ、そのジーンズが妙な形をしている」も大事だが、それ以上に不可思議な魅力にあふれている。

それを私は、『マトリックス』に見た。

あの映画を完全に理解できる人間がどれだけいるだろうか。ある日、FMラジオで若い女がしゃべる番組を聴いた。話が『マトリックス』のことになり、ワイヤーアクションについて書かれた聴取者からのハガキを読んだ。けれど、「ワイヤーアクション」をそもそも理解していない女は、突然、わけのわからないことを言った。

「ひも、出てたっけ」

いや、ワイヤーは「ひも」ではないのではないか。「出てた？　ひも？　ひもなんかあったっけ？」と女はしばらくそのことを考えていた。まあ、あれのことを「ひも」と言えなくもないが、「ワイヤーアクション」はその「ワイヤー」をCGで消してしまうところに見所があるのであって、「ひも」なんか最初から出ているわけがないじゃないか。しかし、ここで取り上げようと思う「理解」はそんなことではなく、「ハッキング」とか「クラッキング」と呼ばれるものへの知識、あるいはコンピュータについてある程度わかっていなければ、なにも理解できないのではないかということだし、物語の全体を覆《おお》うある種類の特別な世界観、そして、押井守《おしいまもる》のアニメ『攻殻機動隊』に影響された、見事と言うしかない、「オタク文化ぶり」が背景にあることのすごさだ。

しかも、三部作の最後の作品、『マトリックス・レボリューションズ』を観《み》て、いったい誰がこのラストシーンを理解できるというのだろう。わからないのは、私だけなのか。もういっぺん観ないと気がすまないくらいわからなかった。そんなとき、ある編集者から、『「マトリックス」完全分析』（扶桑社《ふそうしゃ》）という本を送っていただいた。これで少しはわかるだろうか。そして、わからない私をさらに悩ませる事態が発生する。『「マトリックス」完全分析』をまだ読んでいない私に、すでに読んだという知人が思いもかけないことを言ったのである。「どうだった、読んで少しはわかった、あの映画？」と私が質問すると、知人はきっぱり言ったのだ。

「ナノテクはおそろしいな」

いきなりである。いったいどこがどうなって、『マトリックス』の理解と、「ナノテク」がつながるのかいよいよわからないが、さらに知人は念を押すように言う。

「ナノテクに比べたら、タバコの害なんてカスみたいなもんだよ」

まったくわからない。

だが私は、それを聞いてすぐにでも千代田区役所に行き、いきなり、「ナノテクに比べたら、タバコの害なんてカスみたいなもんだよ」と言ってやろうかと思った。言われたほうも困るだろう。

「どういうことですか？」

「マトリックスだよ」

「ワイヤーアクションの？」

「ただし、ひもは出ていないよ」

区役所内はもう大混乱だ。そこへ騒ぎを聞きつけた区長が現れる。

「やぶからぼうにいったいなんだ？」

「だからね、ナノテクだよ、ナノテク。そんなもんに比べたらタバコなんて、たいしたことじゃないんだ」

しかし、「パトロール隊」は強化されているのでいきなり入ってきた私を「ハンマー投げの室伏六十人体制」が排除しようとするだろう。すると待ってましたとばかりに、「出たな、エージェント・スミス」とキアヌ・リーブスになったつもりで口にするのはどうだ。どうだと言われても困るかもしれないが、私はいま、そのような気分でいる。

そして秋葉原であり、マトリックスであり、いま、Power Mac G5を買おうか、それとも新しいiBookにしようか私は悩んでいるが、こうなるともう、何を書いているかよくわからないが、だからつまり、そうした混沌《こんとん》にこそ、世界に冠たるアキハバラという町の魅力はあると私は言いたいのだ。

サポートセンター

ある時期、よく使っていたiBookの調子が悪くなったときのことをまたあらためて書こう。

突然のことだった。スリープしてもいないのに画面が暗くなり、それっきりである。よく知られた応急措置をいろいろと試してみたがだめだ。それでようやく、サポートセンターに電話をした。しかし、電話をするまでひどく気が重かった。これまで様々な種類のサポートセンターに電話をしたが、いい思いをした記憶がほとんどなかったからだ。

そして私はひどく驚愕《きょうがく》することになる。なにしろ、アップル社の対応がやけに丁寧だったからだ。きちんと話を聞いてくれる。トラブルの状態をしっかり聞き取り、それに対応して話をしてくれる。なにかこれには裏があるのではないかと、疑い深い私が考えていたのは、これまで様々な種類のサポートセンターに電話した経験から考えるに、こんなことはまれだからだ。

家のネット環境をＡＤＳＬにしようとしたときだ。名前は伏せるが、あるプロバイダーに申し込みをしてもいっこうに工事に来る様子がない。仕方がないので電話することにした。ほんとはそんな面倒なことなどしたくはなかったのだ。最初に出てきたのは、あきらかにアルバイトとおぼしき若い女だった。ごくあたりまえの簡単な質問、たとえば、「いったい工事はいつになるのか？」と疑問を口にすると、女はあたりまえのように言った。

「私に聞かれてもわかりませんよ」

おまえはなにをしに出てきたんだ。わかる者が電話に出るべきではないのか。「だったらわかる人はいないのか」と伝えると、しばらくして少しまともな女が出てきたが、今度はなにやら泣き出しそうな声の女だった。

「あの、どのような、あの……」

こちらがなにか悪いことをしているような気分にさせる声である。しかし、用件はしっかり伝えることにした。女は言った。

「はい。それのすいませんで、調べますのを、少々ですは、お時間がいただけますのはで」

いきなり、「てにをは」がでたらめである。女は電話を離れた。電話の向こうで泣いているのではないか。あらためて電話口に出るとさらに泣きださんばかりの声になっており、しかも、答える内容は最初に電話に出た女によく似ていた。似てはいても、やはり「てにをは」はでたらめである。

「工事にするのを、べつの会社へ請け負ってもらってもおりまし、いますぐがお返事することをできないのはありまして」

おまえもなにをしに出てきたんだ。こうして私のADSL計画は中止された。契約を解除することにし、一気に光ファイバーにしようと考えた。Bフレッツの基本料金が値下がりしたのを見計らって申し込みする計画を立てたが、とある電力会社がやはり光ファイバーのサービスを開始したというニュースを耳にし、しかも電話会社系のそれより料金がずいぶんと安価だ。ためしに電力会社系に電話した。こちらの住居がマンションだと知ると、女はあっさり言ったのだった。

「マンションは三階までです」

うちは六階である。いきなり条件がだめである。だが、もう少し話し方というものがあってもいいのじゃないか。「お客様はマンションの何階にお住まいでしょう？」と質問するぐらいの気持ちがあってもいいじゃないか。六階だと知ってはじめて、なにか反応すべきである。

「ああ！」

よくわからない嘆きの叫びだ。それくらいのリアクションがあれば話を聞く側にも準備する猶予《ゆうよ》が与えられる。「六階かあ、六階なのかあ、六階だったのかあ」となにか重大なことをこれから話すぞという予兆がそこにあるべきだし、それではじめて、「まことに、まことに残念ですが……、落ち着いて聞いてくださいよ。いいですね、気持ちをしっかり持って聞いてください。マンションは……、ええ、マンションは……、三階までなんです。ガチャ」と、いきなり電話を切ってもよかったはずである。それをあっさり、「マンションは三階までです」と口にできる人間が私には理解できない。しばらく、奇妙な間ができたのも不可解だ。私は「うち六階なんですよ」と答えた。少し間があって、女は言った。

「だめですね」

それで私は、こうした電話を警戒するようになったが、あのアップル社の対応がどうも腑《ふ》に落ちない。とても丁寧だった。対応が機敏だった。これには裏がある。たとえばそれはこういうことだ。

「なにか、いいことがあった」

そうとしか考えられないのである。サポートセンターはたいていがだめと決まっているのであって、あんなに丁寧で機敏なのはどこか間違っている。裏がある。おそらく、「なにか、いいことがあった」にちがいないと私は想像した。たとえばそれはほんの些細《ささい》なことでもいい。

「会社に来る途中、百円拾った」

その程度で十分だ。もしこれが、「年末ジャンボ宝くじ」で一億円が当たってでもいたらと思うと怖くてしょうがない。丁寧なんて程度のことではとてもすまないので、サポートの女性はさらにいろいろサポートしようとするのではないか。

「iBook のことはよくわかりましたが、で、ほかにいま、なにかご家庭でお困りのことはありませんか?　お子さんはちゃんと学校に通っていらっしゃいますか?」

「いや、iBook が使えなくなって、いま、ちょっと、仕事に支障があってあれだけど、べつに家の中は問題ないし、子どももいないし」

「そういう家庭がまずいんですよ」

人の家のことなんかほっといてくれ。

私が関わっている「小劇場」と呼ばれる演劇の世界では、俳優の大半がアルバイトで生計を立てており、最近とみに多いのがプロバイダーのアルバイトだ。電話のオペレータである。それでしばしば思うのが、「こんなやつが電話サポートをしていて大丈夫なのか」という危惧《きぐ》だが、やはりその一人が電話に応対しているとき相手は言ったという。

「訴えてやる」

勘弁してやってくだされ。なにしろ演劇の人間だ。小劇場の俳優である。まともに電話の応対なんかできるわけがないじゃないか。また、ある女優は通信販売の電話受付のバイトをしたという。「空気清浄機がほしい」と若い男から電話があった。しかし、その通信販売のカタログには空気清浄機はなかった。その旨《むね》を伝えると、若い男はなおも「空気清浄機がほしいんだよ、どうしてもほしいんだ」と繰り返す。困っているうち、男の声は変化する。おかしい。なにやら怪しい。よからぬことを電話の向こうでしているらしく、あえぐような声になっていったという。そのことを同じバイトの先輩たちに話すと、先輩たちは驚く様子もなくあっさり言った。

「ああ、空気清浄機の人でしょ」

有名だったのである。「最近、なかったのにねえ、暇になったのかねえ、空気清浄機の人」と先輩たちは言う。電話オペレータもいろいろだ。

そして私の iBook は、電話したその日に宅配業者が引き取りに来て、中一日あけ、つまり二日後には修理を終えて家に戻ってきた。機敏である。見事な対応である。なにかあるとしか考えられないではないか。いいことでもあったにちがいない。ちょっとしたいいことだ。好きな人と目があったとか、その程度の、いいことがあったと私は想像しているのだ。

板前論法

コンピュータに関するネット上の掲示板で、Power Mac G5の発表直前、そのプロセッサについてとても専門的な書きこみをしている人がいた。その筋の専門家だろうか、技術系の人だろうかと読んでいたが、最後にこう締めくくってあるのを読んで思わず笑った。

「俺、板前なんで、これ以上は」

べつに板前さんを悪く言うわけじゃないが、この人はあきらかに「板前」ではない。最後に「板前なんで」と書くことですべての責任を放棄してしまうのである。つまり、「と、まあ、書いてきましたが、わたし本職は板前なのでこれ以上詳しいことはわかりません」と逃げを打つのだ。見事な「逃げ」である。これを私は、「板前論法」と名付けようと思った。これさえあれば、なにに使ってもいい。どんなえらそうなことを言っても逃げられる。たとえば新聞に次のような見出しがあるとしよう。

「NTTなど6社、GMPLS光ネットワークによる映像伝送実験に成功」

そして本文が続く。

「NTT、NEC、富士通、古河電気工業、日立製作所、三菱電機の6社は、GMPLS (Generalized Multi-Protocol Label Switching) 技術を用いたマルチベンダ構成の光ネットワーク上で、俺、板前なんで、これ以上は」

見事な「板前論法」である。まあ、板前さんじゃしょうがない。「伝送実験に成功した」らしいことはわかるものの、それ以上のことを板前さんが解説できるわけがないと、読む者は誰もが一様に納得するので、「板前さんじゃあなあ、それ以上のことはわからないよ、だって、GMPLSだろ、わからないよGMPLS、長ったらしくてなんのことだか、板前さんにゃあ、そりゃあ無理だ」ということになるのではないか。あるいは、つい最近、大阪で発生した「長男虐待《ぎゃくたい》事件」についても板前さんは次のように書くと思われる。

「中学3年生の長男(15)に食事を約3カ月間ほとんど与えず、衰弱死させようとしたとして大阪府警は25日、俺、板前なんで、これ以上は」

ものすごく早い逃げだ。ものすごく早いが板前さんじゃそれもしょうがないじゃないか。それ以上のことを知っている板前がいたらそっちのほうが奇妙である。

そして人が知ることになるのは、この論法は様々な場面に使え、たいへん便利なのだとわかることだ。たとえば、町で道を尋ねられたときはどうだろう。

「すいません。このへんで一番近い、郵便局はどこですか？」

「あ、郵便局ね。えーとねえ、この道、まっすぐ行くでしょ、すると、大きな道に出るんですよ、で、それを右に曲がるとね、スーパーがあってね、うーん、俺、板前なんで、これ以上は」

まあ、これで逃げられるし、さらに親切心も相手に感じさせることができ、とても都合がいい。ただ相手が必要以上に食い下がってきたらどうするかだ。

「板前さんだと、郵便局はわからないんですか？」

思ってもみないような質問である。

「だって板前だよ、板前がさあ、郵便局のことをそんなに詳しく知ってるわけないだろ、包丁だけが、俺の相棒なんでさあ」と言い返すが、さらに思いもかけないことを相手は言うかもしれない。

「で、なにが得意なんです？」

「は？」

「いや、料理のことですけどね」

しかし、この質問に対して「板前論法」で切り抜けたいところだがそうはいかない。

そこにこの質問の重さがある。だってそうだろう。「なんの料理が得意ですか」という質問に対して次のようには逃げられない。

「まあ、刺身をね、こう活きのいいところを、ささっと包丁入れて、俺、板前なんで、これ以上は」

いや、板前だったらもっと詳しく話すべきである。では、そこでさらに逃げるからといって次のように話すこともできない。

「まあ、刺身をね、こう活きのいいところに包丁入れ、わたし、公認会計士なんで、これ以上は」

「いや、でもいま、板前だって言ったじゃないですか」

もう走って逃げるしかないのである。

あるいは、男女間の面倒に巻き込まれたときにもこの論法を使うのはどうか。「どうしてあの女と一緒にいたの、私のこと好きって言ったのは、あれうそなの?」と問い詰められた男が逃げるのである。

「おまえは好きさ。おまえが一番さ。だけど、たまたま、あのときあの女と偶然会ってね、じゃあ、お茶でもって、俺、板前なんで、これ以上は」

ことによると、女は「じゃ、しょうがないわね」と思うかもしれない。クルマを運転して違反し、警察に捕まったときでもいい。

「俺、板前なんで」

「いいから、免許証を見せろ」

「板前なんで」

どこまでも逃げるに限るのだ。

かつてコンピュータを使いはじめたころ、なにかに困るとネットで調べた。まだパソコン通信と呼ばれる時代の話だ。そして私は、「わたしが困っていることは、きっと誰かも困っている」という法則を知ったのだった。調べるとやはり同様の症状で困っている人や、よく似たトラブルで悩む人がおり、質問し、それに誰かが答えている。それで何度も救われたが、考えてみればあのころのパソコン通信には、「板前さん」はどこにもいなかった。

「SE30のモニターがシマシマになる症状ですが、おそらく、アナログボードのコンデンサの不良だと思われます」

そしてどのコンデンサが怪しいかまできちんと答えてくれるのが普通だ。「SE30のモニターがシマシマになる症状ですが、おそらく、アナログボードの、俺、板前なんで、これ以上は」などと書く者はどこにもいなかった。「板前論法」の「逃げ」は冗談としてはかなり質が高い。が、いまインターネットの匿名性《とくめいせい》はそれが冗談ではなく、単なる「逃げ」になり、「逃げ」どころか、「無責任」や、あるいは「ばか」になってはいないだろうか。Power Mac G5のプロセッサについて高度な知識を持っている人が使った「板前論法」は面白かった。ただ、裏付けのない人間は板前になってはいけない。

板前さんに失礼だ。

だったら、いっそのこと、もっとすごいものになって逃げる手を考えたらどうだ。

「Power Mac G5は、すごく速くって、でもって静音性にすぐれ、俺、石破《いしば》防衛大臣なので、これ以上は……」

いきなりなにを言いだしたんだ。しかし石破防衛大臣ではしょうがないと思わせるものがこの言葉にはある。そりゃあ、無理だろう。石破さんにとくとくと、Power Mac G5の先進性について語られてもなにか気味が悪い。

「俺、坂口厚生大臣なので、髪型は面白いけど、これ以上は」もいいが、「俺、朝青《あさしょう》龍《りゅう》なので、全勝はするけど、これ以上は」は、どうなのか。いや、なにがどんなふうに「どうなのか」かよくわからないものの、ともあれ、「板前論法」は面白いが、それを使えるのは高度なレベルにある者だけの特権である。

インターネットと日記

毎月、様々な原稿を書くのに苦労しているが、その一方、自分のサイトで毎日のように日記を更新している。ふつうに考えるとどうかと思うような量の日記だ。原稿に苦しむくらいなら、日記など書かなければいいが、書かないとどうも調子が上がらない。こうなると、運動選手がアップするようなもので、書いているうちに調子が上がるものの、ある日、日記のなかで私は、原稿の締め切りのことを「悪霊《あくりょう》」と書いた。たとえば、二〇〇四年二月十四日の日記には次のようにある。

「最近わたしは、原稿の締め切りのことを『悪霊』と呼んでいて、原稿を書きながら『悪霊退散、悪霊退散』とぶつぶつつぶやいているのだ」

すると様々な編集者からメールが届き、そのタイトルがひどく恐ろしいものになっていた。いきなりこうだ。

「悪霊メールです」

むかしよく「不幸の手紙」というのがあり、それに似たようなものが「メール版」

になって出現したのかと思ったがそうではなく、編集者からの、「締め切りだ」という内容だ。さらに、心臓に悪い書き出しのメールもあった。

「こんにちは、悪霊です」

なにを言い出したんだ。まあ、これも自分が日記に書いたことから生まれたのだから仕方がないとはいえ、それにしても人のことをみんなよくチェックしている。だったら書かなければいいが、つい日記を書く。書かないでいると、私になにかあったのではないかと心配する人も出てきて、忙しくて書けない日も、簡単でもいいからなにか記しておこうとするので、次のような日もないわけではない。

「三月一日　忙しい」

これで終わりだ。本文より日付のほうが文字数が多くていいのだろうか。まだ三月だったからよかった。

「十二月二十三日　忙しい」

日付のほうがよけい長くなって、いくらなんでもこれはひどい。書く時間がなくて困っていると、ついあたりまえのことをわざわざ記してしまうこともあり、それが手に負えないしろものだ。

「十二月三十一日　大晦日《おおみそか》」

そんなことは言われなくても、誰もがわかっているのである。「日記」と「カレンダー」はあきらかにちがう。だから人は、「一月一日　元旦《がんたん》」と書かないし、「日記」と「スケジュール帳」も異なるものなので、「三月六日　検査」とも書かないのである。そもそも、「検査」とだけ書かれても読むほうはなにがなんだかわからなくて困るだろう。

いったい、ネット上における日記とはなんであるのか。

おそらく、様々な方面で語られてきたテーマではないかと思うし、否定論者もかなりいると思われる。「日記なんて、いちいちネットで公開されてもさあ」とか、「あんたの私生活を知ったからって、だからなに?」といった反応があるのが普通ではないか。あたりまえに考えればそうだし、私も日記をはじめるまではそう思っていたものの、そうだと認識しつつ、ネットを通じて見知らぬ人の日記を読んでもいたのだった。最近では「blog」という言葉に代表されるように、ネット上で様々な種類の姿をした「日記」が存在することも、どう解釈したらいいかわからない。だが、「日記」は面白い。わざわざ書くまでもないほど、どこかのまったく知らない誰かの「日常」は好奇心を煽《あお》られる。

「豊橋の開催が例の汚職がらみで延期になり、降って湧《わ》いたように決定した今回の開催。それでも弥彦は盛り上がっていてキャンペーン隊を繰り出したり、新聞にガンガン広告を打ったりして客寄せに必死。そこまでがんばるなら行ってみねばならぬではないか」

いったいこれはなにが書いてあるのだ。最初はなんの話かわからないこともしばしばだが、わからないからこそ、興味もわくというもので、さらに読み進めると、「さすがにふるダビを何度も呼ぶだけのことはある。こぢんまりとしていながらも設備は結構整っているぞ。モニターもあちこちにあるし、サービスセンターも整っている。冬場なんか、みんなここに籠《こ》もってGPとかの場外打つんだろうな」などとあり、これはどうやら、「競輪」に注がれた「情熱」について書かれた文章のようだ。熱いのである。その熱が言葉からほとばしる。けれどいちいちわからない。「豊橋」が地名なのは、偶然、知っていたが、すると「弥彦」も地名なのだろうか。だったら、「ふるダビ」はなにか。「GPとかの場外」になるともうお手上げである。

だが、「熱」ばかりが日記ではない。知人の日記にこういうものがあった。

「私と永澤《ながさわ》のコンビは、どこか駅周辺で食事ということになるとついつい『和幸』に入ってしまうことで知られるが」

いや、知らなかった。そもそも、「永澤」が誰のことかわからない。そんなことを堂々と書いても許されるのがネット上の「日記」であり、人が知っているかどうかわからなくたって、「知られる」ものは、「知られる」ものになるのが、ネット上の「日記」である。さらにべつのある人の日記をたまたま見つけ、更新のたびに楽しませてもらっているのは、周囲の人間に「あだな」をつけるのが見事だからだ。どうやら学習塾を舞台にしている日記らしく、塾で教える者の一人は、こんなふうに呼ばれて日記に登場する。

「清水ミチコさんに雰囲気の似た先生略して水気先生」

どんな人か私は知らない。けれど、その表現の見事さだけでなにかわかった気にさせるから不思議だ。水気先生はしばしば登場し、たとえば、「シクラメンの花が咲いている。昨年、清水ミチコさんに雰囲気の似た先生略して水気先生が塾長にプレゼントしたものが一年たって再び花をつけた」などと使われる。よくわからないが、この長さに味がある。ほかにも、勉強が平均程度にできる子どもを「そこそこ君」と呼び、「どうもちゃん」や「ホーチミンちゃん」、さらに「マロニーちゃん」「ゲルマン」「炭酸」「中三ブレーメンズ」などいて、もう大騒ぎだ。その塾のことなど私はまったく知らないが、日記を読むにつれ登場人物に感情移入してしまうので、いま中学三年の「そこそこ君」が、そこそこの成績だけど受験は大丈夫だろうかと、日々、心配の種になるほど、その日記を読まずにいられなくなっているのだ。

どこか知らない場所に、私の知らない世界があり、その日々がインターネットに綴《つづ》られてゆく。けれど、それはほんとうなのだろうか。「そこそこ君」は実在するのだろうか。「マロニーちゃん」などという不思議な名前をつけられた少女は存在するのだろうか。それもすべて、誰かの妄想かもしれないし、日記がほんとうのことだという保証はどこにもない。

「午前六時起床」

ある日の私の日記の冒頭にそう記されている。ほんとうだろうか。書かれていることが仮にほんとうだとしても、書かれていないこともきっとある。ことによると書かれていない部分にこそ、「ほんとう」が含まれているのかもしれない。日記を読む真の快楽とは、書かれていない部分を想像することだ。以前、べつの場所にも書いたことがあるが、ネット上に実在したある人の日記がすごかった。

「六日　松島で蕎麦《そば》」

これで終わりだ。そんな一日だったのか。そばしか食べていないのか。だが、書かれていないことに想像をめぐらし、日記を書く者の姿を思い浮かべる。こんなに面白いことはめったにない。

ノートブックパソコンは人をだめにする

いまなにより気になるのは、リビアという国を政治的に指導する「カダフィ大佐」だ。いったいあの人は、いつまで「大佐」なのかという、国際政治的に考えると、どうでもいいような問題である。

軍事的な「階級」について私は無知だし、「大佐」がどれくらい偉いかわからないが、カダフィはなぜか「大佐」に固執している。もう「大将」ぐらいになってもいいのじゃないか。どうして「大佐」にしがみつくのか。あるいは、「将軍様」でもいいはずだが、あくまで「大佐」と呼ばれる。それで考えられることのひとつに、「大佐」が軍の階級だと思っている大方の予想を裏切り、それが本名だったらどうするかという重いテーマだ。ま、「どうするか」とか、「重いテーマ」などと大袈裟《おおげさ》に書くようなことじゃないが、「本名じゃしょうがない」という事実の前で人は驚くほど無力である。「黒田アーサー」というタレントがいる。なにをふざけた名前をつけているんだと思ったが、それが本名だと知ったとき、言葉にできるのは、「本名じゃしょうがないな」でしかなかったのだ。だってそうだろう。なにしろ、それは本名だ。だからたとえば、「ドンチャベッティ・フガヘルマンフェリ・ブングポーポンチャチャチベチャ」とか、「後陣所太鼓洋子」といった、よくわからない名前の人が仮にいたとして、それが本名なら、「本名じゃしょうがない」の前で人はなにもできない。

そしてさらに重要なのは、おそらくこんなことを書いてもほとんど意味がないことであり、なぜなら、こうして連載している雑誌が、ほかでもない「MACPOWER」だからだ。これまでもMacとあまり関係ないことを書いているのに加えて、誰も「カダフィ大佐」のことなど聞きたくないだろうと想像されるからだし、よくあるのは本題に入る前にちょっとした関係のない話を挿入するという、「エッセイと呼ばれる種類の文章」に使われる「技法」だが、しかし、いくらなんでも「カダフィ大佐」がなぜ「大佐」かなど人はどうでもいいと考えるにちがいない。これがたとえば、前振りに、「六本木ヒルズ回転ドア事故」について書かれていたら、ある種の社会派として許容されるからことは複雑である。Macとはなんの関係もないが、社会的に意味がありそうなら人を納得させる。私はそういった人たちにひとこと言っておきたい。

この大ばか者どもめが。

どちらも同じである。たしかに「カダフィ大佐」と「六本木ヒルズ回転ドア事故」

を比べるとあつかわれている内容はかなり異なるが、「関係がない」といった位相では結局どちらも同じことだ。そして、そんなことはともかく、いま人がもっとも考えなくてはいけないのは次のような問題だというのが今回の主要なテーマである。

「ノートブックパソコンは人をだめにする」

こうして断言すると、そんなことはないと否定的な意見が出るのは容易に想像できるが、特にだめなのは冬である。私の仕事部屋にはコンピュータが三台ある。Power Mac のほかにも自作機があるが、この冬のあいだ、ほとんどそこで仕事をすることがなく、それというのも単に寒かったからだ。暖房をつければいいと思うものの、それが面倒になってつい足が遠のく。仕事柄、その部屋には大量の本が棚に並んでいるが、ある日その部屋に久しぶりに入るとカビくさくて仕事などできるものではなかった。私はこの「カビくささ」にことのほか弱い。京都の東寺には国宝級の仏像がいくつもあって壮観だが、カビの匂《にお》いが鼻についてだめだったし、ある事情があって埼玉《さいたま》県の小さな町の民俗資料館に行ったときも、数多く並べられている資料が発するカビの匂いでだめだった。そんな人間が「カビくさい仕事部屋」で仕事などできるものか。

こうして私は、居間のテーブルでずっと仕事をすることになったが、さすがに居間だけに目の前にテレビモニターがあり、オーディオ機器があり、仕事をするよりＤＶ

Dを観《み》たりCDを聴いていた。この時点ですでにかなりだめだが、さらにだめは進行してゆく。仕事をするためには、資料が不可欠になり、いくつかの本が必要になることも多く、それを仕事部屋まで取りに行くのが大仕事なのはカビくさい部屋に覚悟を決めて入ってゆかなければならないからだ。そして、居間に本が積み上がってゆく。コピーされた資料類がたまってゆく。そして先人の知恵として、こうした場合にどうしたらいいのかといった教訓は数多く残されているが、そのひとつが次のようなものだ。

「出したものは、片づける」

それができるくらいなら、人はだめなどになりはしないのだ。それが私にはできない。たしかに必要なものがあるからカビくさい仕事部屋に入る冒険に果敢に挑みはしたが、片づけるためにその部屋に行こうなどと誰が考えるだろう。ものを作ることに対して人は冒険と呼ぶことはあっても、片づけることを冒険などと呼ぶことはないし、むしろ、片づける作業はとても地味だ。こうして積み上がる。たまる。そこはもう、居間なのかなんなのかよくわからない場所になってしまう。

これもすべて、ノートブックパソコンがいけない。

私の場合それは、PowerBookということになるが、もちろん、iBookだとしても同じことだろうし、その他どんな種類のノートブック型コンピュータもだめだ。だから人はしばしば、冬になるとふとんに潜りこんだままメールを書くことがある。

「拝啓。貴社ますますご清栄のこととお喜び申し上げます」

ふとんでメールを書いている者が、「拝啓」とはなにごとだ。「ご清栄」とはなんの言いぐさだ。まして、ふとんの中から「お喜び申し上げ」られても困るっていうもんだ。なかには、自分を名乗るのについて手紙の定型を踏襲し、「山田一郎拝」などと記すものもいるが、ふとんの中のやつが「拝」もないものである。だから、ふとんの中のメールは次のように書き出されなければいけない。

「取り急ぎ、ふとんの中から失礼します」

だってそうだろう。急いでいたんだ。ふとんの中だったんだ。寒かったんだ。正直でいいじゃないか。ほかにも「ふとんの中」ばかりか、ことによると急いでいたため、「駅のトイレ」で書くという事態が発生する可能性もあって、それでメールに情熱的な言葉を書いてしまったらどうするか。

「愛してる。きみは僕の太陽だ。かぐわしい花の香りだ」

なにを言ってやがんだ。

そしてさらに居間には本が積みあがり、資料がたまり、すると、生活空間と、仕事の空間の境界が不明瞭《ふめいりよう》になってゆく。もちろん一間しかないアパート生活をしていた過去、まだ若いころなどそれが普通だったとはいえ、いまはもうだいぶいい歳《とし》をした大人だ。仕事もそこそこしている。仕事と生活を切り離してもいいが、ノートブックパソコンさえなければ、こんなことにはならなかったはずである。しかもノートブックパソコンは動かすのが簡単なのがいけない。つまりこういうことだ。

「どかせばいい」

するとそこはもう食卓である。面倒なので食事もそこでする。本が積み上がる。資料がたまる。食事もする。どこまでも人をだめにしてゆく。それがノートブックパソコンだ。

メールの落とし穴

かつて私は、京都にある大学で専門である「演劇」を教えていた。大学との契約で、半期を担当することになっており、つまり私の任期は、四月から九月までの半年だ。十月以降は原則的に大学の人間ではないことになっているが、かといって十月以降三月末まで学生からメールが届いたからといって無視するわけにもいかず、それには返事をすることもあるので、小さなことながら大学の仕事はしているのだった。

「三月になり、気候や温度にばらつきがある日々が続いておりますが、やはり、まだコートは着て外に出るべきでしょうか、それとももう着るべきではないでしょうか」

そんなことは私は知らない。たとえ任期中だとしても、そんな学生の質問に答えようがないのだし、それがたとえばもっと切実に、「あした、食べる米がありません」と書かれていたとしても、だからどうしろというのだ。米を送るべきなのか。それも教員の仕事だろうか。そして、重要なのはそうした質問が「メール」だからこそ、書けたのではないかという想像である。

「メールとはいったいなにか」

封書における手書きの手紙や、葉書などと大きく異なるのは、受け取る側のメーラーに設定されているフォントによってすべてのメールが同じような姿をしているのは、当然とはいえ、そこに妙な感触を感じずにいられない。私の上司ともいうべき、大学の学科長は、『水の駅』に代表される世界的にも高い評価を受けている劇作家・演出家の太田《おおた》省吾《しょうご》さんだったが、まぎらわしいことに、私の母方の姓がやはり「太田」で、従兄弟《いとこ》の一人に「太田慎吾」という者がいるのだった。従弟からメールが届いた。一瞬、私は学科長の太田さんからメールが来たのだと思った。

「ちわーす」

いきなり、こうはじまっていたのだ。これが学科長であり世界的な演劇人のメールの書き出しとしてふさわしい書き方だろうか。めまいがするのを感じた。これが手書きだったら、太田さんにふさわしい書き文字だっただろうから、すぐに理解したと思うがフォントが同じだから、いきなり学科長が、「ちわーす」ではじまるメールを送ってきたのかとひどくうろたえた。ようやく従弟だと理解して事なきを得たが、気がつかないまま、メールを読んでいたらと思うと恐ろしくていけない。

「元気っすか。こちらはぼちぼちです」

そんなにフランクに話されても困るのではないか。だからといって、では学科長の太田さんが手書きの文字でＦＡＸを送ってきたときのことを考えると、それも奇妙な体験だったといまでは思い出す。私を大学に招いてくれたのは太田さんの一枚のＦＡＸだったが、それは達筆だった。大学名が書いてあったがよく読めない。いろいろ考えるとそれは次のようにしか判読できなかった。

「宇部造形芸術大学」

宇部かあ。宇部は遠いなあ。そもそも宇部といったら「セメント」のことしか思い出すことができず、そこで「演劇」を教えるのはいかがなものかと思って、しばらく引き受けるべきかどうしようか考え、ＦＡＸを横に置いておいた。何日目かのことだった。あらためてそれを見た。「これ、宇部じゃないんじゃないのか。宇部に読めるけど、もっとちがうんじゃないか」と私はなにかに気がついたのだ。

「これ、京都だよ」

よく見ると、「宇部」という文字の形と「京都」はどこか似ている。そこにもってきて達筆である。間違えるのもしかたがない。「京都かあ、京都はやっぱり行くだろう」と考え、即座に申し入れを受けることにしたのだった。これがもちろん、コンピュータのフォントだったらこんな間違いはなかったはずだ。「間違いがない」。それがコンピュータのいいところで、むろんキーの打ち間違えはあるにしても、少なくとも「宇部」と「京都」は読み違えないだろう。

もちろん、コンピュータをいくら駆使しても文体に個性はあらわれ、それはいったいいかがなものかというメールをもらうことはある。サイトを開き、メールアドレスを公開しているとときとして、とんでもないメールが来ることもある。それは第一行である。書き出しである。

「はじめまして。宮沢さん、大好きです」

この唐突感はなんでしょう。まあ、「好き」といわれて悪い気はしないが、もっとそこにいたる経緯があってもいいのではないか。「エッセイの愛読者である」とか、「いつも舞台を拝見しています」とあってからはじめて、「大好きです」ならわかるが、唐突な「宮沢さん、大好きです」には、「はじめまして、ポテトチップス、大好きです」とよく似た響きがあって、まあ、どっちにせよ、メールの冒頭に書くようなことではなく、いきなりおまえは何を言い出したんだということになる。たとえば、これを読んでいる方が次のような書き出しのメールをもらったとしたらどうか。

「はじめまして、瀬戸大橋大好きです」

いきなり何を言い出したのか呆然《ぼうぜん》とするしかないではないか。瀬戸大橋のことなどそれまでなにも話題にしていなかったらいよいよ複雑だ。意味がわからない。だが、きっぱり言い切っているところには評価してもいい傾向がないわけではないので、書き出しからどっちつかずなのは、いよいよ人を困らせることになる。

「はじめまして、関門トンネルですが、好きかどうか、どっちとも言い切れません」

人をもどかしい気分にさせる書き出しはどうもいけない。そもそも、これこそが真の意味において、「いったいおまえは何を言い出したんだ」ということになる。

サイトを開いていると様々な未知の方からメールをもらいそれはとてもうれしい。適切なアドバイスを受けることもある。知らなかったことを教えてくれることもあってほんとうに助けられる。つまり、まったく見ず知らずのどこか遠くにいる人とコンタクトを取る道具としてメールはとても便利だ。

「大阪は寝屋川の駅前にあるいろは食堂の店主はけん玉の名人です」

いや、しかし、それを教えられて私はどうすればいいのだろう。「けん玉の妙技《ぎょうぎ》」を見に行かねばならないのだろうか。私はべつに見たくないのだ。「宇都宮の餃子は有名ですが、長崎にはしっぽく料理があります」と教えられても、べつに宇都宮の餃子にも興味がなければ、長崎のしっぽく料理にもべつに感動はしないのだ。

従弟のメールはさらに続いた。

「仕事、いろいろ忙しいみたいですが、たまには帰ってきてくらはい」

いや、これはべつに私の生まれ育った地方のなまりではない。メールだからこそ、ついい書いてしまった奇妙な言語だ。そうだ、問題はそこにある。メールだからこそ、つい人を油断させる。私もうっかり、「どうも原稿が遅れてすまんこってごわす」と書きかねないのだ。自分の文字がそこに記されないことによって「文章に客観化」が生まれるという議論もあってそれも一理あるが、だからといって「ごわす」はないだろう。「原稿、遅れて、困ってんだべ」もだめだ。メールだからこそ慎重にならなければいけない。メールはつまり、この時代の落とし穴である。

人格化の病

私がいま住んでいるのは、東京のなかでも比較的、都心に近い場所だが、ひどく不思議な家だということに住みはじめてすぐに気がついた。この家に引っ越してからもう二年以上になるが、その不思議な傾向は最近になってさらに高まっているのを感じている。それはたとえば次のようなことである。

「仕事をしようとすると眠くなる」

まったく奇妙な家だ。ほかにも、「気がつくと部屋が散らかっている」とか、「いま使っていたものを、どこに置いたかすぐに忘れる」など不思議なことだらけだ。

ところでコンピュータに関連した不思議な言い伝えに、「新しい機種を買おうと思うといま使っているコンピュータの調子が悪くなる」という話があって、コンピュータが普及しはじめたころからしばしば言われてきた。もちろん単なる偶然に過ぎないのだろうが、「新しい Power Mac G5、いいんだろうな。速いんだろうな」と思いはじめたとたん、いま使っているG４の調子が悪くなるといった経験は私にもあった。

もちろん偶然に過ぎないのだろう。あるいは、新しい機種が出る時期と、旧機種に不具合が出る時期がちょうど重なるとも考えられる。しかし、しばしば人はやってしまうのだ。

「コンピュータに人格を与える」

だから、「わかったよ、新しい機種はまだ買わないよ、だから機嫌をなおして動いてくれよ」とついコンピュータに話しかけたりしてしまうのだ。さらにそれが高じると名前すら付けかねず、「リンダ」となぜか女の名前でＭａｃを呼んでいる者もいるかもしれないと考えると気持ちが悪くて仕方がない。だが、「リンダ」ならまだよかった。もっとリアリティのある名前だった場合、どう考えていいかよくわからない。

「和夫《かずお》」

どうしてなんだ。いや、そんな人がいるかどうか実際には知らないが、いないとも言い切れず、名前を付けることもすでにおかしいが、「和夫」はかなりまずいと思うし、まして、「源治郎」とか、「よね」といった名前だったら、これはもう、いよいよ難解である。それだったらもっとコンピュータに付けるにふさわしい名前があるのではないか。

「ペロンちゃん」

いや、意味はまったくない。

もちろんアップル社の歴史を振り返れば「機種」そのものに名前が付されていたケースもあり、「リサ」という女性名の機種は有名だ。さらに、これはすでにかなり過去に別の場所に書いたことのある話だが、アプリケーションにはなぜか人の名前が多いのもよく知られた話だ。

「一太郎」

誰なんだそれは。「花子」ってその安易な名前はなんだ。「ノートン」はたしか開発者の名前だから、まあ、しょうがないかもしれないものの、開発者がそのソフトに自分の名前を付けるというその態度がどうも理解できない。「Norton Utilities」の過去のヴァージョンでは、ハードディスクをチェックしているあいだ「ノートン先生」が仕事をしているアニメーションが表示されていたが、最近のヴァージョンではそのアニメーションがないのが許せないのだった。「ノートンのやつ、最近、さぼってやがんな」と思えてならない。少しくらいメジャーになったからって、ノートンのやつ、いい気になってんじゃゃねえのかと、ついノートンでハードディスクをチェックするたびに感じていたのだ。それもまた「人格化の病」のひとつだろう。私もまたそれに侵されているとしたら、「コンピュータ」と「人格化」にはなんらかの関係性の高さがあるとも考えられる。

とはいえ、べつに社会学者ではないので、そこからコンピュータ文化を分析するようなことをするつもりはないが、「人格化の愚かさ」にはたいへん興味がある。それというのも、それはほんとうにばかだからだ。

ある時期、私がずっと使っていたのは、iBookだった。もちろんPower Macもあるがつい居間で仕事をしてしまう（前々項にもそのことは書いた）ので、ほとんどの仕事をiBookでこなしていた。調子のいいときはいいが、悪いときは、ハードディスクがかたかたと音をたてまったく認識されなくなるのだった。おそらくハードディスクのなにかが悪いのだろうが、調子がいいときとそうではないときがあるからこそ、ついつい、「人格化の病」に侵されてしまうのだ。iBookの機嫌を損ねているのはいったいなんだろう。

「使用中の態度が気にくわない」

仕事をしているときはいつもあぐらを組んでいる。それがいけないのではないか。正座しなくてはいけないのではないか。背筋をぴんと伸ばさないといけないのではないか。やってみた。驚くべきことにそのときは調子よく動いてくれたのである。ハードディスクを認識する。正常に動いている。ところがしばらくそれで正常に仕事ができていたのだが、また動かなくなった。するとそこでまた、奇妙な「人格化」が発生するのである。

「iBookのやろう、人をばかにするのもいいかげんにしろよ。たかが、機械のくせによお、人間様をなんだと思ってんだ、このくそコンピュータが」

そう口にしたとたん、もういよいよ動かない。言ってはいけないことを口にしたと私は思った。「機械のくせに」がまずいけない。「くそコンピュータ」がいよいよだめだ。そこで態度をあらためることにした。正座する。背筋をぴんと伸ばす。それからiBookに向かってお辞儀する。「どうかひとつ、よろしくお願いします」と丁寧に挨《あい》拶《さつ》をしてから起動ボタンを押した。

また正常に動きだした。

いったいなにが起こっているのだ。なにがそうさせているのか私にはもう理解できなかった。しかし、これもまた単なる「人格化の病」である。その後、いよいよハードディスクの調子は悪くなりとうとうなにをしてもだめになった。お辞儀をしたってだめだ。ぱんぱんと柏手《かしわで》を打とうと動かないし、酒を一杯おごったってびくともしないし、挙げ句の果てに、iBookの上に札束を置き金を積んで機嫌をとろうとしたって動かなくなってしまった。それで仕方なく、もうこんなやつのことは知ったことかと新しい機種を買うことにし、ちょうどそのとき発売された新 PowerBook を買ったのだった。それで iBook を部屋の隅に追いやり、「おめえのことなんか、もう知るものか」とばかりの態度をとってやった。「さんざん人のことを困らせやがって、ざまあみろ」とさえ思ったのだが、それもまた、「人格化の病」である。iBook はただのコンピュータだ。ハードディスクさえ交換すればまた正常に動くはずのものである。やつにはなんの罪もないが、そう考えるのもまた人格化なのだろう。

そして、PowerBook は快調である。それで気持ちよく仕事をしながらふと部屋の隅に目をやると、あの iBook がそこに放り出されているのに気がついた。なにやらさみしそうにひっそりたたずんでいる。いや、そんなふうに考えるのがそもそも間違いなのだ、それこそが「人格化」だ。だが、ついかわいそうな気持ちになってしまうのはいかがなものか。たまには日光浴をさせてやろうか。風呂《ふろ》に入れてやったほうがいいのではないかとも思うが、それほど iBook にとって迷惑なことはない。

直接言いに行く

私が住んでいるのは東京にある初台という町だ。べつにこれといって名物もなくなんでもない住宅街だが、ただ、なにかＭａｃに不具合が発生するとアップルに駆け込んでやろうかと、ついばかなことを考えるのは、アップル社のある東京オペラシティがすぐ近くだからだ。オペラシティの建物は高い。iBookの調子が悪くなったときなど、なんどiBookを抱いてその高層建築を見上げたことだろう。毎週、仕事で京都に行かなくてはならない者にとって、ノートブックコンピュータがどれだけ必要だと思ってるんだ。こんなに俺を追いつめてどうするつもりだと、何度アップルに駆け込もうと考えたかわからない。

しかし、コンピュータにトラブルはつきもので、書店に足を運べばコンピュータ書の棚にはトラブルに関する本がいくつも並んでいるのを知ることができる。たとえばこんな本があるのだった。

『自分でなおせる！　パソコン部品のしくみとトラブル解決　わかったブック』

実のところ、今回は、「家の近所だからついアップル社に直接文句を言いに行く」ことの無謀さについて書こうと思っていたが、この本のタイトルを引用して、つい興味をひかれてしまったのは、もうすでにお気づきのことかと思うが、もちろん、「わかったブック」のことだ。この書名の頭には「わかったブック3」とある。つまり、「わかったブック」シリーズがあることを示していることになって、いったいほかには、どんなことが「わかった」のか知りたくなるのが人の常だ。そこには、こんな「わかった」ことがあるのではないだろうかと私は想像した。

『自分で結べる！　ひものしくみとトラブル解決』

ひもは、ひもだけに、単純なようでいて、うまく結ぶにはまだまだ人は「わかっていない」のではないか。「箸《はし》」だって単純そうでいて、まだわからないことは多い。『自分で使う！　箸のしくみとトラブル解決』があってもいいはずだし、だったら、「踏み台」はどうだ。『自分で昇る！　踏み台のしくみとトラブル解決』である。そう考えると「わかったブック」シリーズは無数に出されているのではないかと考えられるが、驚いたことに、Amazon のサイトで「わかったブック」を検索したところ、シリーズが全部でたったの八冊しか出ていないことを知ることができた。たとえば、シリーズ第一回、つまり、「わかったブック1」は次のような書名だ。

『根本的理解！　パソコンのどうなってるの？　なんでだろう』

さらに第二回「わかったブック2」はこうだ。

『根本的解決！　どうして起こる？　パソコンのエラー』

そんなことではないかとうすうす気がついてはいたが、どうやら「わかったブック」はコンピュータに特化されたシリーズだった。もっと数多くの「わかったブック」を私は希望する。「わかったブック58」あたりに、次のようなものがあってもいいのではないか。

『根本的解決！　どうして生きる？　人生のエラー』

哲学である。

いやちがう。そんなことを私はここで書こうと思っていたのではない。哲学はべつの場所で勝手にやってもらいたい。話を元に戻そう。私は、「家の近所だからついアップル社に直接文句を言いに行く」ことの無謀さを考えていたのだ。ことの次第を少し説明すれば、まずその日、私の仕事を手伝っている者らと一緒に自宅で、「Final Cut Pro 4」を使って映像の編集作業をしていたのだった。京都の大学で夕方まで授業をしていた私は、新幹線を使って大慌《あわ》てで東京に戻り、夜九時少し前から翌日の夜九時過ぎまで、丸々二十四時間、一睡もせずに作業していたが、それというのも、ある理由で映像の締め切りがぎりぎりに迫っていたからだ。さすがに疲れた。意識も朦《もう》朧《ろう》としている。「Final Cut Pro」について私も詳しくはなく、いろいろわからないことは多い。手伝ってくれる者らにそれを操作してもらい、私は横からいくつかの指示を出すというもどかしい作業だったが、その途中で、ひとつの事件が発生した。

「カウントダウンの途中でコマ落ちする」

そんなふうに書いてもなんのことだかわからない人もたくさんいると思うが、Ｍａｃからテープに映像を書き出すとき、「Final Cut Pro」には「カウントダウン」の映像がテープの先頭につく仕組みになっている。つまり、「10」からはじまり、数字の絵が「9」「8」と下がってゆく。付けるか付けないかは選択できるが、私はつい付けてしまった。そして「5」まで数字が来たところでエラーメッセージが表示され、「コマ落ち」という状態が発生したと教えられる。「コマ落ち」について説明すると長くなるのではぶくが、とにかくエラーである。「カウントダウン」の途中でエラーが発生した。

ちょっと待ってくれ。

なにかの理由でコマ落ちすることがあるのは知っているが、よりにもよって「カウントダウン」の途中ってことはないじゃないか。それは「Final Cut Pro」に付随している効果じゃないか。自分で自分の首を絞めるというか、成功の確率の低い大事な手術の日に病院が勝手に火事になったとでも言えばいいか、ともあれ、一人で勝手に空回りだ。いったいどういうつもりだ。その瞬間、私たちは全員が立ち上がった。

「なんだと、コマ落ちだと」

「なに考えてやがんだこのやろう」

そして私は言った。

「アップルに文句言いに行こう。なんだと思ってんだこの忙しいときにと言ってやる。全員で言うぞ。声を揃《そろ》えて言うぞ。ひとりで言うのはいやだよ」

すると次々と賛同者が現れ心強かったが、そもそも「Final Cut Pro」に詳しくない私には、あの「レンダリング」が疑わしいのだ。「レンダリング」というやつをやらないとなにかがだめらしい。「Final Cut Pro」で編集部分を再生しようとするとしばしば出てくるのが、「未レンダリング」の文字だ。

もう二十四時間以上眠っていない。手伝いに来てくれた者のなかにはそれ以上、眠っていない者もいた。

「またレンダリングかあ」と誰かが言った。

「そっちがレンダリングなら、われわれもレンダリングしましょう」べつの者が呼応する。

「そうだな、レンダリングだな。Final Cut Proがレンダリングするんならわれわれも、レンダリングしなくちゃやってられないな」

それで各自が思い思いのレンダリングをしたのだった。

そして「カウントダウン」での「コマ落ち」だ。いきりたった私たちはいまにも外に出て行こうとしていた。アップルはすぐ近くだ。少し歩けばオペラシティだ。あの高層建築のエレベーターに乗りさえすればいい。だがそのとき、ふと私が考えたのは、「カウントダウンの途中でコマ落ちってのはどういうことだ」とアップルの社員に言ったとして、いったい相手はどう答えるかという、まず最初に考えてしかるべき疑問である。アップルの社員はなんというだろう。

まず私たちの姿を見て、いませっぱ詰まっている人たちだなとすぐに見て取るのではないだろうか。皆、髭《ひげ》もそらず、目は充血し、なかには目の下にクマのできている者もいる。アップルの社員はきっと言うのではないかと私は考えた。それはとても優しい声ではないだろうか。

「こんなこと、わざわざ言いに来るくらいなら、ほかにもっとするべき仕事があるんじゃないですか」

さすがにアップル社だ。そこまでお見通しだとは気がつかなかった。やることがあるんだ。映像の編集だ。締め切りはもう目前なんだ。そしてレンダリングはしなくちゃならないんだ。こうして私たちは、少し冷静になって、また思い思いに、自身のためのレンダリングをしたのだった。

ちょうどいい厚み

私は、東京オペラシティのあの高層建築を見つめていた。べつに趣味だからではない。趣味はなんですかと人から問われ、「オペラシティを見つめることです」と答えたとしたらどうだ。答えられたほうも困惑するしかないし、質問しなけりゃよかったと思うだろう。けっして趣味ではない。やはりＭａｃのことだった。それもどうでもいいようなごくごく小さな問題だからなおさら、オペラシティを見つめる目に妙な力が入る。

そして私は、戦争をはじめとする「大きな問題」の渦中《かちゅう》に人が生きているのはもちろんだが、そうしたこととはまったく関係のない「どうでもいいこと」のさなかにこそ生き、それと格闘しながら日々を過ごしてもいることを、オペラシティを見つめながら考えていたのだった。

「ジーパンのポケットに小銭を入れていると、いざというとき出しにくい」

ほんとうにどうでもいい話で申し訳ないのだった。だが、出しにくいんだ。どうしようもなく出しにくい。これをいったいどうしたものなのか。コンビニエンスストアーにでも行こうものなら、レジの前でなにやらよくわからない焦燥にかられ、早く出さなくちゃならない、店員がレジに手をかけ待っている、背後にべつの客もいる、急がなければと焦《あせ》れば焦るほどジーパンのポケットから小銭を出すのが困難になる。そもそもそんなところに小銭を入れなければいいと思うが、たとえば、コンビニで、小銭がうまく出せず、仕方がないので、どちらかと言えばすぐに取り出せる千円札で支払いをすませば、おつりにまた小銭が戻ってきてジーパンの中に貯《た》まる。そして人は、ここにいくつもの問題が含まれていることをいやでも知ることになるだろう。

「小銭が増えると重い」

いつのまにかポケットのなかに三千円分ぐらいの小銭が貯まることだって考えられないことではなく、硬貨の一枚がどれほどの重さか、たとえば百円硬貨が何グラムあるか詳しいことは知らないが、「小銭で三千円」のレベルに達すると、言葉は「小銭」でも、「重量」はかなりなものになって、なにやら奇妙な気分になる。そしてジーパンには主に前に二つのポケットがあってそこに小銭を入れる必要があるが、するとついつい利《き》き手でお釣りを受け取りそれをポケットに入れようとするから往々にして片方に偏《かたよ》る。右のポケットにばかり三千円分の小銭が貯まっていることを想像してもらいたい。

「なにか歩きづらい」

なにしろ右側ばかりに三千円分の小銭だ。硬貨だ。おかしいじゃないか。そこで人は歩きながら、これは少しまずいのではないかとふと立ち止まるにちがいない。そしてさらに考えるべき論点がここに出現するとしたら、それはつまり、「ふと立ち止まる」という表現は、こんなことに使うべきかどうかであって、「人生の途上、このままの生き方でいいのかと、ふと立ち止まって考える」といった場合に使われ、「ふと立ち止まる」のは「考えること」にいかにもふさわしいが、ジーパンの小銭は、「ふと立ち止まる」にはけっして似合わないのだった。

「人生の途上、ジーパンのポケットの具合がどうもうまくないので、ふと立ち止まって、右のポケットに入っている三千円分の小銭を二等分し、左右のバランスを保つ」

そんなことで「ふと立ち止まるな」と私は言いたい。そして、「どうでもいいことのさなかに生きる」は、ただ「ジーパンのポケットに小銭を入れていると、いざというとき出しにくい」だけではなく、様々な日々の断面に見られると思われ、たとえばそれは次のようなことになる。

「痒《かゆ》いのだが、どこが痒いのかよくわからないので困る」

おそらく誰だって一度は経験があるのではないか。わからないのだ。手のひらあたりがとくに顕著で、「痒い」と感じるが、そこを掻《か》いても、どうもちがう、ではべつのところかと探るがやはりわからない。あのもどかしさはいったいなんだ。そうしたことをあげていったらきりがないが、「CDを持って家を出たはいいが、出先でケースを開けたら中身がなかった」とか、「つい冷蔵庫を開けてしまったが、その意味のなさにがっかりする」など人は様々などうでもいいことと格闘して生きている。ではいったい私は、どんなどうでもいいことに苦しみつつ東京オペラシティの高層建築を見上げていたのだろうか。

「PowerBook のゴム足のバランスが悪い」

ほんとにどうでもいいことだが、そのまま使うとがたがたなるのだ。どうでもいいと思っても「がたがた」は人をひどくいやな気分にさせる。なにしろ「がたがた」だ。「ぷよぷよ」とはわけがちがう。書いていることが自分でもなんだかわからなくなってきたが、とにかく、「がたがた」するのだ。よく知られているように、PowerBook は四点の足で支えて平衡を保っているが、ひとつどうやらほかのより引っこんでいるらしい。それでバランスが保てずがたがたする。買ったときからそうだったので初期不良ということで直してもらえばいいようなものだが、ここでさらなる問題が発生しているのだ。

「直してもらわなくても、なんとかなる」

だったらいいじゃないかと人は簡単に結論づけるだろうが、「なんとかなる」からこそ厄介だということだって世界には存在するのだ。つまり、PowerBookの底になにかを挟めばなんとかなり、そこにこそ真の意味での人が生きることの苦悩がある。

「ちょうどいい、挟むものがない」

なにやら尾崎放哉《おざきほうさい》の自由律の俳句のようだ。放哉は、「すばらしい乳房だ蚊が居る」とか、「墓のうらに廻《まわ》る」といった謎《なぞ》めいた句を残したことで有名な俳人である。そんなことはいま関係がないとはいうものの、こうして書きながら気がついたが、放哉こそ「どうでもいいことのさなかに生きる」を表現の領域に高めた人ではなかったか。

それはさておき、いま考えるべきことは、「ちょうどいい、挟むものがない」のことである。「挟むもの」が見つからない困難を逆に表現すれば、「ちょうどよければ、なんでもいいことになる」という問題があり、「それ」を挟んで何食わぬ顔でPowerBookを使って仕事するのはいかがなものかという事態が発生する。

「友人から届いた結婚式への出欠をうかがう封書がちょうどいい厚みだったので、それをPowerBook の下に敷いて仕事をする」

これでいいのか。友人に失礼ではないか。「結婚」である。人にとって大事な節目だ。それをPowerBookの下に敷くとはなにごとだ。そんなにPowerBookが偉いのか、何様のつもりだ。たかがPowerBookのくせに。だが、「ちょうどいい厚み」だった。簡単には「ちょうどいい厚み」は見つからないからこそ、なによりもそれを優先する。

「死んだ祖父の写真を二つ折りにしたらちょうどよかった」

こうなるともう見境なしである。ただ「厚み」がちょうどいいからといっても、それだけですべて条件があてはまるわけではない。

「ちょうどいい厚みだが、五メートル四方」

これはぜったいに使わないほうがいいと私は思う。なにしろ、でかすぎて机の上に広げられないからだ。こうして私は、「ちょうどいい厚み」のことばかり考え、しかし五メートル四方はだめだし、ましてキャベツとか、レタスといった野菜はよくないだろうと思い、様々に考えをめぐらしつつ、「厚み」がなにより重要になっているのだ。

私はまた、東京オペラシティを見た。「ちょうどいい厚み」を考えつつ見上げたが、見上げても仕方がないのは、オペラシティの建築は高いということしかわからないからだ。人はどうでもいいことのさなかにこそ生きている。

II

知りたくはなかった

なにか疑問が生じるとインターネットで調べるようになってしまったのは、自宅のネット環境が光ファイバーになってからだろう。その日わたしは、テレビでオリンピックを見ていた。たまたまレスリングをやっていた。以前から新聞で見たり、耳にしたことのある言葉に「グレコローマン」がある。どうやらレスリングに関係する言葉らしい。

「レスリング男子グレコローマン一回戦」

レスリングのことなどさほど興味がなかったので「グレコローマン」のこともべつにどうだってよかったのだが、では、不意に興味がわいてその意味を知りたくなったのかといえばそういうことでもない。つまり、インターネットで簡単に調べられるのではないかと思った途端、その意味が知りたくなったのだ。これはおかしい。なにか順序が狂っている。家には「平凡社大百科事典」だってある。レスリングの項を引けば意味がわかったはずだ。少し手間をかけて近所の図書館にでも行き、レスリングについて調べればおそらく「グレコローマン」のことを人に語れるほど詳しくなったはずだが、そうした状況だったら「グレコローマン」についてそんなに知りたいとも考えなかっただろう。なにしろ奇妙な音の響きだ。さらに、私の人生にとって「グレコローマン」の意味を知ることがどれだけの価値があるというのだ。

なんども書くことにさして意味はないが、ためしに口に出して言ってみてほしい。

「グレコローマン」

その意味を調べようなどと誰が思うだろうか。競技の中継を見ると、汗みどろになった屈強な男が二人、奇妙な円のなかで格闘している。からだを接触させ、抱き合っているかのようにさえ見えるし、なにより選手が身につけているぴちぴちのコスチュームが見ている者を奇妙な気持ちにさせる。ぴちぴちのコスチュームで男同士が抱き合い、汗みどろになって格闘しているその競技の名前を、見ている者はどう考えたらいいのだ。なにしろそれは、「グレコローマン」だ。たまたま、町のラーメン屋かなにかに友人と入ったとしよう。店に置かれたテレビでレスリングの中継が放送されており、ぴちぴちのコスチュームに、汗みどろの男同士が抱き合うように格闘している姿を見て、人は思わず口に出すだろうか。

「お、グレコローマンだ」

「ぴちぴちだな」

「ああ、ぴちぴちのコスチュームだ」

「グレコローマンだからな」

そんなことを話すだろうか。オリンピックだからこそ「グレコローマン」は人の目に触れるが、ふだんの日常で話題になることはめったになく、会社でなにか驚くべき業績を上げた者に対して上司が「うん、一発逆転ホームランだな」といった表現をすることはあっても、「うん、見事なグレコローマンだ」などと口にすることはぜったいにない。そして少し話題がずれるが、中継を見ていた私をさらに驚かせたのは技の名前だった。

「俵返し」

相手の選手を持ち上げ、米俵のようにひっくりかえす大技が「俵返し」らしい。だから先にあげた「逆転ホームラン」に匹敵するものになるにちがいないものの、だからって日常ではあまり使われないので、「なにかここで一発ないかな、人がびっくりするような、俵返しが」といったことにはけっしてならない。朝、会社のエレベーターで若いＯＬが、「部長おめでとうございます、やりましたよ、例の営業、びっくりするような俵返しでした」とも言わないし、「あの娘が結婚するなんて、いやあ、見事な俵返しだ」という言葉も聞いたことがない。

いや、そんなことはどうでもよかった。いま問題にしているのは「グレコローマン」のことであり、そしてインターネットの環境の変化によって、人はついものを調べてしまうという奇妙な状況についてだ。私はつい、「グレコローマン」を調べてしまった。

「レスリングにはフリースタイルとグレコローマンスタイルの2種目がある。勝敗の決め方はどちらも同じであるがフリースタイルは反則技以外は全身のどこを用いてもよく、グレコローマンスタイルでは、下半身つまり腰から下、を攻防に用いることはできない」

私はべつに、レスリングのことなど興味はないのだ。なにしろあの「ぴちぴちコスチューム」を見ているとどうにもいやな気分にすらなっていた。だが調べた。もちろん、「Google」である。「レスリング グレコローマン」と言葉を入力して検索した。6220件の検索結果が出てきた。ちょうどアテネ・オリンピックの時期だったので、スポーツ新聞の記事が多く出てくるのは予想したとおりだったが、私の疑問にしっかり答えてくれるサイトがあり、いま引用した解説によってレスリングのことを知ることになった。知らなくてもべつに困らないし、もうこれ以上、知りたいとは思っていなかったが、さらに解説は続く。

「レスリングの歴史は古く、その起源は文明の始まりにまでさかのぼる。レスリングは古代ギリシャ時代、ローマ時代を通じて、古代オリンピックの主要種目の一つであった。ローマ時代になって、ギリシャ人が行っていた初期のレスリングと自分達の特有の格闘の方法を加えて新しい規則ができた。これが現在のグレコローマンスタイルの原型である」

そんなに詳しくなりたくはなかった。詳しくなったからといって損にはならないとしても、「Google」の手軽さは人に様々なことを知悉《ちしつ》させてしまうのだ。さらに検索結果は私に「グレコローマン」の知識を強制する。よくわからない掲示板があった。

「少年レスリング掲示板」

それがなにを意味しているのかまったくわからない。いきなりそうしたタイトルの掲示板に出会ってしまったが、「少年レスリング」というジャンルがあるのだろうか。発言のひとつを読んでみた。タイトルがすでにすごい。

「全国大会の審判を終えて」

そして書かれていることのほとんどが理解できない。「今大会からシングレットになったので、審判の判定が大変やりやすかったです」とあるが、まず、「グレコローマン」以上に、「シングレット」がわからない。さらに、なぜ、「審判の判定が大変やりやすかった」ことになるのかわからないばかりか、「シングレット」以前はなんだったのかというまたべつの疑問も浮かぶ。「ここまでくるのには、かなりの時間を要しましたが、結果的によかったと思います」とあるところを見ると、「シングレット」以前は長かったのだろうと推測され、そして、「今後、地方大会も全国大会に準じていくものと期待しています」と続いてわかるのは、まだ「シングレット」は地方では採用されていないらしいことだ。こうなるとやはり、「シングレット」を検索せざるをえないではないか。「レスリング　グレコローマン　シングレット　判定」と入力して検索した。出てきたのは「二〇〇〇年富山国体」のサイトのなかのページだ。「これだけは知っておきたい用語集」のなかに「シングレット」もあった。

「レスリング競技で使用される『赤・青』のユニフォーム」

これで先に引用した「全国大会の審判を終えて」の言葉の意味もわかった。つまり、色によって選手の判別がつきやすいということだろう。それまではどっちがどっちの選手なのかうまく区別がつかなかったのだ。「シングレット」になってほんとうによかったと私はつくづく思った。

だが、そんなことを知ることにどれほど価値があるというのだ。私はレスリングのことなど詳しくなりたくなかったのだ。そこにインターネットの病がある。

ストレス発散

いまさら書くまでもないが、「癒《いや》し系」という言葉にはなにかいやなものが漂っている。いまだに、「あなたって、癒し系ね」などと口にしている者を見ると、いきなり殴ってやりたくなるのもしょうがない。そして、もし「癒し系」などと呼ばれたとしたら人間としてもうおしまいである。人は自分のことで精一杯だ。人を癒したくなんかない。癒してたまるかとすら思う。だが油断してはいけない。連中はその言葉を口にしようと常に身構えている。

「あなたって、癒し系ね」

言われて腹を立て、「うるせえ」と毒づいても、「癒しだわあ」と言うに決まっている。たとえ殴りつけたとしても、「わあ、すごく癒し」と言うのではないか。なにか、べつの世界の出来事のようである。

つい先日、水戸《みと》に行った。「水戸短編映像祭」という催しがあり、その招待作品として私を含めた何人かの監督の手によって作られた短編のオムニバス映画、『be found dead』が上映されたからだ。映画といってもデジタルビデオカメラで撮影し、編集は「Final Cut Pro」ですべて作業を進めた。その過程で私はかなり「Final Cut Pro」のことを覚えたし、レンダリングに苦しめられ、コマ落ちにもいらいらしたが、それ以上にいま書いておくべきなのは、「水戸短編映像祭」で総合司会をしていた俳優のS君のことだ。

その言葉を使うのはあまり気が進まないが、S君は「水戸短編映像祭」のあった時期、ひどく「便秘」に苦しんでいたという。出ようと、出まいと、そんな他人の悩みなど知ったことではないものの、水戸で私に会い、話をしたとたん苦しんでいたものがすっと「出た」というのだ。それでS君は、私のことを「すごいですよ」とべつの人間に話したらしいが、その「すごい」が、どんな種類の「すごい」かよくわからない。それはいったいどんな「すごい」なのだ。シーズン安打数の記録を塗り替えたマリナーズのイチローの「すごい」はわかりやすい。なぜならほんとうにすごいからだ。だとしたら、他人の「便通」をうながす「すごい」のことを、どう名付けたらいいだろう。言葉にしてここに書こうとするのもいやだが、考えるだけでもいやな気分になる。たとえばこんなふうに書けばいいのだろうか。

「出し系」

これは、「出会い系」を略した言葉ではない。「出す」のをうながす者のことで、「癒し系」に倣《なら》っていま私が作った言葉だが、はたして「出し系」と呼ばれて人はうれしいだろうか。「癒し系」も御免こうむるが、私はけっして「出し系」などとは呼ばれたくはないのだ。

「出系」

こう書いて、「でけい」と読む。さらに言葉を短くしたが、短くすればいいというものではやはりなかった。なにしろ、もっと短くすると、「出」になって、なんのことだかいよいよわからない。

そして、「癒し系」にどこか似ている種類の言葉に、「ストレス発散」がある。つまり、「心のなにか」に働きかけるのが、「癒し」や「ストレス発散」だが、とはいえ、「癒し系」と似ているようでいて、「ストレス発散」はまったくちがう。似て非なるものだ。両者が決定的に異なるのは、「ストレス発散」はその力が「破壊的なるもの」に向けられがちなことだろう。

「足でスイカを割る」

きっと気持ちがいいに決まっている。爽快《そうかい》だ。気持ちが新鮮になってまた働く気分もわいてくるというものだ。けれど問題なのは、「仕事でたまったストレスを発散したいから」と口にすれば、なんでも許されるおそれがあることだ。

「あの書類どうした、例のあの契約書、ここに置いといたろ？」

「あ、あれな。いや、ストレスがたまってたからさあ、ま、ちょっとした発散に、さっき、びりびり破ったよ、びりびりびりびり、いやあ、よかった。すっきりした。さあて、仕事するぞぉ」

「そうか、働くか。そうだな、ストレスためるより、ばりばり働いた方がいいな」

ほんとうにそうだろうか。たしかに契約書を破った者は気持ちがよかろう。仕事ははかどるかもしれない。だけど、契約はどうしたらいいのだ。おまえのストレスを発散させ、その後の仕事がはかどって職場は明るくなったかもしれないが、それに払った代償は大きい。

そこまで極端ではないにしろ、「ストレス発散にボクシングジムに通って汗を流す」という話はよく耳にする。おそらく、サンドバッグを相手に殴るという行為がストレス発散になる。やはり、力は外側に向かう。

「ストレス発散に、折り紙教室に通って、千羽鶴《せんばづる》を折る」

そんな話は聞いたことがない。鶴を折るのだ。しかも千羽だ。折るのがそもそも外に力が向かっていない。そして、七百羽ぐらいでやめておけばいいものを、千羽と目標を定めてしまった。なぜ「千羽」なんだ。「五百羽鶴」では許されないのか。しかも、千羽に目標をおいていたにもかかわらず、うっかり二千羽折ってしまうおそれもある。よけいストレスがたまる。

「中学校に忍び込んで、教室の窓ガラスをすべて割る」

そんな事件がかつてなかっただろうか。おそらくストレスがたまっていたのだ。捕まった男はこともなげに「ストレスがね、ちょっと、たまっちまってね、いやあ、辛いんだ、俺、ハンコ彫って、毎日、せっせと仕事してるもんで」と言い訳を口にしたのではないか。「ストレス」を持ち出せば許されると思ったら大間違いだ。ほかにも、「皿を床にたたきつける」とか、「拳《こぶし》で壁に穴を開ける」「ものを蹴《け》って遠くへ飛ばす」「バッティングセンターでがんがんに打つ」「カラオケでどうかと思うような大声で歌う」など、たいていの場合、それは「破壊的」であり、やはり「力」は外側に向けられる。

だから想像するのは、「太鼓を叩《たた》く」という行為もまた、ストレス発散には向いていることで、太鼓を力一杯叩き、大きな音をさせるのは「ストレス発散」にかなり効果があると思われるものの、ここに問題があるとするなら、「ドラマーのストレスはいったいどのように発散するか」という、きわめて深刻な事態が存在するからだ。

「仕事のためステージでドラムを叩いたが、家に戻ってストレス発散のため、またドラムを叩く」

よくわからないことになるのだ。なぜならそれは、「ストレス発散」ではなく、単に、「練習」だからだ。すると、「格闘家」はどうしているのか。「ビル解体業者」はどうやってストレスを発散しているのか奇妙だ。

「ストレス発散に、家族に技をかけ怪我《けが》をさせる」「ストレス発散に、壊さなくてもいいビルを解体する」

大失敗だ。

だったら、もっと異なる方向に力を向けた方がいいと私は考える。

「極上の牛肉を買ってきて、知らない人の家の壁に貼《は》る」

なんという無意味な贅沢《ぜいたく》だ。

「キャビアを床にぶちまけて、掃除機で吸う」「ヴィトンのバッグに石を詰め、土に埋めて三年後に掘り出す」「金塊を買ってきて、絵の具でグレーに塗り、鉄のように見せかける」

その意味のなさが人を爽快にさせる。もしかしたら、それがまた新しい、「癒し」になってしまうのかもしれない。

アップルの人

しばしば誤解するのは、「探偵」という言葉を耳にすると、金田一耕助やシャーロック・ホームズ、あるいは、フィリップ・マーロウのように「探偵小説」に登場する架空の人物を想像することだ。けれど、現実の探偵はそうした華やかな活躍とは無縁である。ある知人が探偵社に勤めていたときのことを話してくれた。やはり知人も、「探偵」という言葉にあこがれて探偵社に勤めたが、与えられた仕事のほとんどが、「浮気調査」だったという。たとえば、ある調査対象はごくふつうの女性だった。とある町のマンションに住んでいたというが、その目の前に建っているべつのマンションの一室を借り、女性の素行を一日中じっと見ている仕事だ。

「ただ、見ている」

植物の観察なのか、それは。こんなに華やかさに欠ける仕事もあったものではない。探偵も楽ではないと知人は言った。少しでも目を離してはいけないのだ。ただ見ている。ひたすら見る。人からどう思われようと見ている以外にない。

それで私は想像するのだ。

たとえば調査対象の女性が、なにかの瓶のふたを開けようとするがどうにも開けられない姿を見てしまうこともあったのではないか。つい、こうすれば開けられますよと、助けに行きたくなったりしないだろうか。あるいは、その女性がクロスワードパズルをしているとしたらどうだ。問題のひとつがどうにも解けずに悩んでいる姿も見てしまうかもしれない。見ている「探偵」には答えがわかった。そのヨコのカギの答えはこれですよと、やはり手助けしたくなるのが人情というものではないか。あるいは、調査対象の女性が歌を歌っているかもしれない。その歌詞がまちがっていたらどうするかだ。「正しくはこうです」と訂正にも行けない。そんなことをしたら「探偵」としては失格だ。気配を消していなければならない。なんという、人をいらいらした気分に追い込む職業だろう。

そんな知人の話を思い出したのは、ある日ふと、「尾行」というものをしたいと思ったからだ。まったくやぶからぼうな話で申し訳ないが、私は「尾行」をしたかった。しかも、なんの理由もないまま、「尾行というもの」をしたいと思ったのだ。

「きわめて無意味な尾行をする」

こんなに素晴らしい行為があるだろうか。なにか目的があってはいけない。「尾行」

することで利益があるなどもってのほかだ。ただ誰かのあとを追い、「尾行」を終えたあとで、なんて無駄な時間を使ってしまったのだろうと後悔するような「尾行」がしたかったのだ。

その日、ある用事があって、東京オペラシティのなかに設けられた郵便局に行ったのだった。ちょうど昼休みの時間だった。オペラシティの周辺にはこれから食事に行くのだろう会社員たちが、わらわらと姿をあらわし、やけににぎわっていると感じた。郵便局で用事を済ませて、オペラシティをぶらぶらしているうち、甲州街道と山手通りという幹線道路がぶつかる大きな交差点で信号待ちをする二人の若い男に私は注目した。二人に注目したのは、ポケットからアップル社の「社員証」をのぞかせていたからだ。これはことによると、アップルの社員ではないのだろうか。いやそうに決まっている。アップルの社員証をぶら下げているのはアップルの社員に決まっているからだ。だからなんだ、という話ではあるが、たまたま目の前にいるというだけで、なにやら興味を持った。やはり二人も、これから食事に行くのだろう。

アップル社の社員はなにを食べるのか。

想像しているうち、歩行者用の信号が青に変わった。二人は歩き出した。私はごくあたりまえのように二人のあとを追った。つまり「尾行」を開始したのだった。たしかに、「アップル社の社員は昼食に何を食べるか」と疑問に思ったとはいえ、それを知ることにいったいどんな意味があるだろう。なんの意味もない。だが、もうすでに「尾行」ははじまっていたのだ。二人は、甲州街道を渡って右に曲がった。すぐそこに、「ポプラ」という名前のコンビニエンスストアーがある。コンビニで弁当でも買うのかと一瞬考えたが、二人はなにやら話しながら、「ポプラ」の前を通り過ぎた。コンビニなんかには、まったく入る気はありませんよといわんばかりの態度だ。いったい、どういう了見だ。「ポプラ」だからだめなのか。じゃあ、「ローソン」だったらいいのか。コンビニなんか見向きもしないのがアップルの社員だとでもいうのか。ある映画監督から聞いた「探偵学校」の話はひどく興味深いものだった。話をしてくれた監督が自作の映画のため、ある時期、「探偵学校」に入って、きわめて現実的な「探偵」のテクニックを学んだという話だ。「尾行」しながら私はそれを思い出していた。

「尾行に際して、尾行対象のどちら側を歩けばいいか」

人は歩きながら後ろを振り返るとき、ある一定方向に顔を向ける傾向があるという。けれど、その方向を残念ながら忘れてしまった。つまり尾行するとき、それとは逆側を歩くと気づかれない。私はアップル社の社員を尾行している。二人の男の背後を歩き、二人に対してどちらを歩くのが正しい「尾行」かそれが思い出せない。それで、二人の背後の左右をくねくねと歩いた。そうして悩みつつ追っているうち、甲州街道沿いに歩き続けると思っていた二人が、不意に先の路地を横に折れた。しまった。気がつかれたのか。おそるおそる、私も何気なく曲がろうとしたが、道の先で二人は話に夢中になっている。まだ大丈夫だな。どうやら尾行されているなどと考えてもいないようだ。のんきなやつらだ。そして、甲州街道と並行している遊歩道を初台の商店街の方向へと二人は進む。

さらに私は、あの映画監督の話を思い出していた。「探偵学校」を卒業した監督は、探偵として認められ、その業界の一員として、年に一度ある全国の探偵が集結する「パーティ」に参加したという。さて、最初に書いたように、現実の「探偵」は小説に出てくるような探偵とはまったく異なる存在だ。現実の探偵業界において、もっともすぐれた「探偵」とはいったいどのようなものか。

「目立たない」

だから、日本でもっともすぐれた探偵がその「パーティ」に姿を見せたというが、いったいいつ来たのか誰も気づかなかったという。なにしろ、目立たないのである。人に紛れていつのまにかそこに存在する。いつ会場に来たのか誰にもわからない。見事な「探偵」ぶりである。そして、監督はさらに驚いたという。

「いつのまにか、いなくなっていた」

それも気づかれないのだ。油断しているといつのまにかいなくなっているのだ。誰にも気づかれぬうちに気配を消す。それがほんとうにすぐれた「探偵」である。

そして私は、アップル社の社員を追った。二人は遊歩道を少し歩くと初台の商店街を左に曲がってさらに歩く。そこにもやはりコンビニエンスストアーがあるが、そんなものには見向きもしない。ラーメン屋の前も素通りだ。そして二人は足を止めると、すっと商店街の小さな店の中に姿を消した。

「更科《さらしな》」

そば屋だったのかあ。昼の特別メニューを注文するのではないだろうか。そんなことを考えつつ、それを知ることの意味のなさに私は途方に暮れる思いをしていた。いや、だからいいのだ。私はまったく意味のない「尾行というもの」をしたかったのだ。そうだ。人は誰もが「探偵」である。

迷惑メール

いまさらの話で申し訳ないが、ご多分にもれず私のところにも迷惑メールが無数に届く。ちょっとどうかと思うような数だ。以前はバイアグラだの、よくわからないセックス商品の広告が届いたし、あるいは、ウイルスつきの危険なメールもあった。けれど、そうした注意情報は広範に知られるようになり、たいていの者がタイトルやメールアドレスを見て警戒するようになった。これはおかしいと思えばメールを開かずゴミ箱に捨てる傾向は定着するようになったのではないか。私もそうしていた。そんなある日のこと、私のところにある一通の奇妙な標題の付されたメールが届いた。やはり多くの人が似たようなメールを受け取った経験があると思う。それはほんとうに唐突だった。

「一カ月ごぶさたしちゃったけど、もう忘れちゃった？」

いきなりなことを言い出すやつがいたものである。いったいおまえは誰だ。だが思い当たる知り合いはいないし、そもそも私には、こんなに気軽に声をかけてくれる間柄の人はいない。いたとしても一カ月もごぶさたしていないのだった。だが、わからない。もしかしたら知人のなかに、なにかとんでもない状況のもと、うっかりこうしたことを書いてしまうばかものがいないわけではない。ばかはいったい誰だろうと知りたくなるのは人の常だ。どこのどいつだとばかりに、ばかのことを知りたいだけでメールを開いた。

そうだ。私はまんまと相手の術中にはまっていたのだった。

メールを開いてわかった。どうやら「出会い系サイト」の広告だ。人はいま、迷惑メールに敏感になっている。ストレートに「出会い系サイトのご紹介です」と書いたら多くの者が開かぬまま、即、ゴミ箱に捨てるだろう。もちろん、「出会い系サイト」の紹介を期待している者もいるだろうが、たいていは捨てられる。それで連中も考えはじめたらしい。「奇妙な技」を使いはじめたのだ。

「美穂です。ごぶさたしています」

俺は「美穂」なんてやつのことはまったく知らないのだ。だが、私は自身のサイトを開いてアドレスも公開しており、たくさんの見知らぬ方からメールをもらう機会がある。ことによったらそうした方のなかに「美穂さん」がいたのかもしれないと思って、少し考えたあと、メールを開いた。やっぱり「出会い系サイト」の紹介だ。

俺は出会いたくなんかないんだ。

人はそんなに、数多くの人間と出会いたくはないはずである。そもそも大勢の人に出会ったら全員を覚えていられないじゃないか。人の名前を記憶するのが私はすごく苦手だ。たくさんの人に会って名前を覚えていなかったら失礼だし、挨拶《あいさつ》するだけでもうへとへとである。出会いたくない。冗談じゃない。けっして出会うまいとすら思っている。いや、「出会い」のことはどうでもいいのだった。いま問題なのは、「メール の標題」のことだ。

ここで視線を「メールを出す側」に移すことにすると、いかにしてメールを開かせるかが「出す側」にとって重要であり、そのためには綿密な計画が必要になると想像できる。連中は考える。次々と新しい「技」だ。そして、そうか、そう来たかと、連中があの手この手で攻撃してくることに感心もした。同時に、「これはもしかすると読むべきメールなのかな」と考えてしまった自分の愚かさに腹立たしい気分にもさせられる。つくづく、いまいましいメールである。

だから、いきなりそのメールは届く。

「間違ってると思います」

なにがだ。たしかに俺はまちがってるだろうさ。様々なことをまちがえて生きてきた。だが、そうきっぱり「間違ってると思います」と書かれると気になる。これは迷惑メールなのではないか。多少の疑いはある。なにかおかしい。だがやはり、つい開いてしまった。「エロサイトの広告」だった。じゃあ、「間違ってると思います」はそれとどう関係してくるというのだ。いまの俺の生き方を全否定するのか。それで「エロサイトを見なさい」と意見したつもりか。「エロサイト」をモラルとして否定するつもりはないが、生き方をとがめるようなそんな態度が許せないのだ。さらに驚くべき標題のメールが数日後に届いた。

「Re: 間違ってると思います」

俺が「間違ってると思います」というメールを出して相手が返信したとでもいわんばかりの標題だ。こうなるともうよくわからない。だが、それだったらまだよかった。知人の携帯電話に届いたメールの標題はもっとすごかった。

「いま警察に来てもらっている」

いきなりの禍々《まがまが》しさである。しかし、だからといってどうしたらいいのでしょうか。なにか事件があったのかもしれない。警察が出動する騒ぎだ。そりゃあすごいことになっているが、「いま警察に来てもらっている」だけではなんのことかさっぱりわからない。なにをしたら適切かわからないし、そもそもそんなときにのんきに携帯にメールを送る神経がわからない。だったら、次のようなメールが来たらどうしたらいいかだ。

「いま消防に来てもらっています」

火事なんだろうな。「来てもらっている」というくらいだから、いままさに、自分の家が燃えているのではないか。メールをしている場合ではないと思う。なんとか消火を待つしかないし、それで呼び出されてのこのこ出かけて行ってもただの野次馬になるしかないではないか。さらに次のようなメールが来たらどうしたらいいか。

「いま、軍隊に来てもらっています」

どこの国からメールが来たんだ。ほかにも知人たちから教えてもらった「迷惑メール」には様々な標題があって驚かされる。

「あなたが出したラブレターが間違って届きました」「あなたの写真を撮りました」「以前セックスフレンドを募集していましたよね」「大きくなったら美容師になりたいです~って言うか来年です」

あの手この手で連中は攻めてくる。

だが、そうした意表をつくメールにももう慣れた。もっとこちらの想像を絶する標題を考えてもいいのじゃないか。これは「迷惑メール」じゃないかと察しがつくようになってくると、もっと刺激的なものがほしくなる。そこで私もその手の業者の気持ちになって標題を考えたいと思う。

「つるんとした顔をしていますね」

やぶからぼうになにを言い出したんだ。だが、その「やぶからぼう」がいい。なんだってとばかりに、相手は思わずメールを開くにちがいない。あるいは、女性には美容やダイエットを勧めるメールが来ることがあるという話も聞いた。たとえばこんなメールが来るだろうと想像される。

「一週間で五キロ」

痩《や》せるんだろうな。きっとダイエットできるんだろうと、人の気持ちをはやらせるような書き方にちがいないが、じゃあ、こういうのはどうか。

「一週間で七キロか、だいたい八キロちょっとぐらい」

この曖昧《あいまい》さがたまらない。どっちでもいいような気がするが、やっぱり「八キロちょっとぐらい」がいいとは思うものの、「ぐらい」ってのが人を不安にさせ、しかし、その「不安」が人の心をまた刺激するのだ。ほんとかよ。女性の心理はそのようなものだとして、だったら男性用はどうか。たとえばこういうのはどうだ。

「邪魔なほど髪が伸びた」

なにかを誘うような標題だ。いや、やはり連中にはかなわないな。次にどんなメールが来るか。迷惑だと思いながら期待もしているのだ。

テレビコマーシャル

以前から考えていたのは、テレビは一人で見るより、なぜ人と一緒に見るほうが面白いかだ。いくつも理由があると思われるが、たとえば不可解なテレビコマーシャルを見た直後、不可解にさせられた気分をどう解決したらいいか困惑するからだ。

すでに書いたことだが、アップルのテレビコマーシャルでごく普通の人が出てきてなぜＭａｃがいいかを語るものがあった。なかでも女子大生とおぼしき女が、わめきたてるかのようにＭａｃがいいと訴えるが、その存在が人に不愉快な気分を与えるのではないかと釈然としなかった。そのとき私は一人でテレビを見ていた。そしてその女を目撃したのだ。これに、いったいどんな広告効果があるかわからず、むしろ逆効果になるのではないかと恐ろしいような心持ちになったのだった。それを言葉にしたかった。意識のなかではすでにつぶやいていた。

「こいつはばかか」

おそらく女に罪はない。そういう人なんだからしょうがない。だが作り手がそれでいいと思ったんだからしょうがない。なにやらいらいらした気分がわいているが、そばに誰もいない。いらいらした気分のやり場がない。だからといって誰かに電話で訴えるような問題だろうか。

「いま、俺は大変なものを見てしまった」

そんなことをいきなり電話された人間も困惑するだろう。「なにを見たんだ。ワニか。庭に、ナイルワニでも出たか。それともサルか。そうじゃなかったら、見たこともないような巨大な蟹《かに》かなにかか、甲殻類か」と私の大袈裟《おおげさ》な電話に相手も動揺してわけのわからないことを口にするだろう。だが電話の相手の意に反してそれは単にCMである。しかも、ただの女だ。

「テレビに女が出ていた」

相手はいよいよ困惑する。「どんな女なんだ。ものすごい美女か。それとも、身長三メートル八〇センチの巨大な美女か」ときっと言う。「いやあ、Ｍａｃのことを話しているんだ」と私の話はそれだけの内容なので、聞いた相手は拍子抜けするだろう。しかし、一緒にそれを見ていたとしたらきっと共感してもらえるはずだが、どうそれを説明したらいいかよくわからない。なんとか言葉にしようと私はきっとあせる。あせりが、いよいよ理解できない言葉にさせるだろう。

「女なんだ。Ｍａｃをほめているんだ。Ｍａｃをほめちぎっているんだ」

「じゃあ、いいじゃないか」

「きーきー言ってるんだ」

「いいじゃないか」

「きーきーきーきー、言うんだ」

いくら「きーきー」を倍にしても同じことだ。三倍だったらいいのだろうか。「きーきーきーきーきーきー言うんだ」と私は言うのだった。だが、一緒に見ていなければまったく共感は得られない。それで、「きーきーきーきー、きーきーきーきーきーきーきーきー、だ」と私はもうただ、「きーきー」という言葉を繰り返すだけの人間になってしまった。つくづく、あのテレビコマーシャルを一人で見てしまった者の悲劇がここに存在するのを知ることになる。

いや、「あの女」のことはもういい。ただ広告としてははなはだ逆効果だったとしか結論のくだしようがない。

あるいは私は、いま「カー用品」のＣＭが気になっている。一人で見ていて誰かに電話し、「いまものすごいものを見た」と言いたくなるほどではないにしても、その奇妙さをひどく疑問に思うのだった。クルマのＣＭはとても高級感にあふれている。

たとえば「メルセデスベンツ」のテレビコマーシャルを見てみろ。ふざけるのもいいかげんにしろよとばかりの高級感じゃないか。もう出てくる人物のせりふがちがう。ささやくかのような小声で静かに口にする。

「エンジンの音がちがうね」

いや、正しかったかどうかよくわからないがそんなことをつぶやくだけで、いかにもメルセデスだ。もちろん外国車ばかりではない。国産車だってトヨタも日産も高級感を漂わせ「ワンランク上の快適な走り」といったことをぬけぬけと言ってみせるのだ。それがクルマのテレビコマーシャルといったものを代表しているのだろう。そして私は見たのだった。「カー用品」だ。「フクピカ」である。「エンジン音がちがうね」と口にされたあんなおだやかな語り口ではない。いきなりな言葉でそれははじまる。

「どんどんどーん、フクピカ、どどんがどん」

いったいこれはなんでしょう。全身を金色に塗った男が三人いる。繰り返し、「どんどんどーん、フクピカ、どどんがどん」と歌うように口にしている。住宅街のような道路である。うしろに赤いクルマだ。金色の三人は、何度も「どんどんどーん、フクピカ、どどんがどん」と連呼するが、そのうち、うしろの赤いクルマが犬のようにわんわん吠《ほ》える。それに驚いて、金色の三人が逃げ出す。

いったいこれになんの意味があるんだ。

金色の三人はごく最近のものなので見ていない人もいるかもしれない。だとしたら、記憶に新しく、そしてしばしば流されていたのでよく知られていると思われるのが、「クルマにポピー」だろう。オール阪神・巨人が出ていた。そして、阪神さんがあの甲高い声で、「クルマにポピー」と歌うのだ。メルセデスとはえらいちがいだ。

「クルマの高級感と、カー用品の安っぽさ」

このちがいはどこから出現してしまうのだろうか。なにしろ、ことによると、「メルセデスベンツ」の車内で、「クルマにポピー」が使われてしまうかもしれない。それが許されるのか。では、メルセデスベンツで、「フクピカ」を使っていいのだろうか。「フクピカ」はどうやらボディの汚れを取る商品だと想像できるが、ベンツのオーナーが「フクピカ」でクルマのほこりをきれいに拭《ふ》き取りながら、「どんどんどーん、フクピカ、どどんがどん」と歌うことが許されるのか。だが、つい歌ってしまうかもしれない。うっかり口ずさんでしまう。ベンツのオーナーとしてのプライドはどこに行ってしまったのだ。

いよいよ謎《なぞ》は深まる。

そもそも「カー用品」自体が貧乏くさいという問題は少なからずあって、「ジャガーのシートの匂《にお》いを再現するスプレー」という商品には腰が抜けそうになった。この貧乏くささはなんだ。そんなことをしてなんになるんだ。

そしてさらに私が気になっているのは次のテレビコマーシャルである。

「大分《おおいた》麦《むぎ》焼酎《じょうちゅう》二階堂」

なにやら、懐《なつ》かしさを感じさせる音楽が流れる。映像もまた、情緒的な風景で、廃駅があるような土地であり、夕焼けに染まる海だ。ノスタルジックに映像がつづられてゆく。それによく似たＣＭがあることを誰もが知っているはずだ。やはり大分の麦焼酎だ。

「いいちこ」

焼酎を飲む人はそんなに懐かしい気持ちになりたいのか。あるいは、懐かしい気分がわいてきた者らは、焼酎を飲みたくなってしまうのだろうか。偶然、町で昔の友人に再会してしまったらどうするつもりだ。

「おお、懐かしいなあ。何年ぶりだ。ま、ここはひとつ、焼酎でも飲むか」

そういうことになるのだろうか。

それにしても、テレビを一人で見るのはつまらない。釈然としない気分がわいてきたとしても共感してもらえる者がそばにはいないのだ。「二階堂」のＣＭを見てうっかり懐かしい気分になってしまったらどうすればいいんだ。焼酎が飲みたくなっても、私は酒がだめなんだ。「きーきー言うMａｃの女」も困りものだが、「二階堂」に私はお手上げである。

うっかりする

しばしば私が疑問に思うのは「世界遺産」のことだ。たしかに「遺産」として保存することに意味はあるのだろう。しかし、私が見た「世界遺産」のひとつ、岐阜《ぎふ》県の「白川郷」にはなにか拍子抜けするものを感じた。

そこは合掌造りの家屋が並ぶ単なる「テーマパーク」だった。たしかに雑誌などで紹介される「白川郷」の姿は魅力的である。山あいの土地に合掌造りの家が並ぶ姿は美しい。それでつい人は、合掌造りの家がよくもこんなに残されたものだ、見事だと思いがちだが、調べると近辺の土地に残された合掌造りの家を移築しただけのことで、あたかもひとところにあの建物が密集して残っていたのだと錯覚させる仕組みになっている。つまり、「白川郷」という土地は人為的に作られた幻想の世界である。そのことにまず愕然《がくぜん》とさせられるが、さらに、写真で紹介される「白川郷」は、見せてはいけないものをうまく切り取っている事実を現場に行くことで思い知らされるのだった。考えてみればそれはあたりまえの話だ。

「ふつうの家が建っている」

そりゃあしょうがないじゃないか。人がふつうにそこに住み、生活している土地である。誰もが合掌造りの家で暮らしているわけではないのは少し考えれば単純にわかる。テレビのアンテナだってあるんだ。洗濯物が干してあるんだ。洗濯物にはユニクロのTシャツもあることだろう。びろびろに伸びきった靴下もあれば、ジャージだって干してあるんだ。しょうがないじゃないか、それが人の生活というものだ。

「合掌造りの家は単に古い」

外から眺めるとたしかに見事な木造建築だが、中に入ってよく見れば、ほこりだらけのただの古い家だ。建築学的には貴重だろうし、私にもそれがわからないわけではないが、あの美しい白川郷の写真からは想像を絶するほどの、「単に古い家」である。

そして、「世界遺産」として観光化されてしまった土地だけに、「土産物屋がものすごくだめ」とか、「村の人たちがみんな商売人だった」といったことになっており、「白川郷」でこれを売って、いったいなんの意味があるのかわからないような商品が店に並んでいた。私が行ったとき、おそらくそれが当時の流行だったのだろう、「ピカチュウのぬいぐるみ」があったし、わけのわからないグッズで土産物屋は満載である。そんなぬいぐるみを売っている「世界遺産」にどんな価値があるんだ。だんだん腹立たしい気分になってきた私は、合掌造りの家に火をつけてやろうかとすら思っていたのだ。それは見事なテーマパークだった。「世界遺産」になったら、もうおしまいだとすら感じさせる姿だった。

そして人は、「京都」という言葉の前でひどく無力である。

京都の町にも当然のように、「世界遺産」はあるが、おそらく「世界遺産」という言葉の前で人がうっかりしてしまうのと同様の事態が「京都」の町自体にあり、「京都」という言葉を耳にしたとたん、人はついうっかりしてしまうのだった。たとえばこんな「うっかり」があると私は想像する。

「京都でものすごくまずいそばを食べる」

それは寺町姉小路にほど近い場所だった。店の造りが古めかしくどこか味わいのあるそば屋があった。きっと美味《おい》しいのだろうと思わせられたのも、その古めかしさが京都にふさわしいからだ。期待をふくらませて店に入った。私はかつて、これほどまずいそばを食べたことがない。飲みこめないのである。嚙《か》んでも嚙んでも、嚙みきれず、飲みこもうとするが、のどを通らない。そんなそばがあるものか。つい最近、私の主宰している舞台が京都で上演された。俳優たちと食事をしようと夜の京都を歩いているとき、たまたまその店の前を通った。京都の大学で教えるために二年ほどここに住んだことのある私は、歩く道々、観光案内のようなことをしていたが、ある場所で立ち止まり、「ここが、ものすごくまずいそば屋だ」と俳優らにその店を紹介すると、「でも、風情《ふぜい》はありますよね」と店構えを見た俳優の一人が言った。それがだめなんだ。それが京都の恐ろしいところだ。そしてさらにべつの誰かが、「あ、この店、つぶれてますよ」と言うのでよく見れば、張り紙がしてあり閉店を報《しら》せる文章が書かれていた。また誰かがつぶやく。

「なんだか、切ないですよね」

そんなふうに思ってしまうことがいよいよだめだ。そうやって切なくなってしまうような気分が京都の落とし穴だ。たしかに切ない話ではあった。おいしいそば屋がつぶれたならまだいいが、とにかくまずかったのだ。ものすごくまずいそば屋がつぶれたのである。こんなに切ない話があるだろうか。だが、だからといって、「京都」にだまされてはいけない。うっかりしてはいけない。

そもそも、私が京都の大学で教えることになったのは、私を大学に誘ってくれた演出家の演劇観に興味があり、なにか学べると思ったことが大きいが、それだけではきれいごとすぎる。決断をはっきり促したのは「京都」という言葉だったにちがいなく、そこに「うっかり」はあきらかにあった。だから油断してはいけない。「うっかり」

はさらに人を、よくわからないことにしてしまうのだ。

「高山彦九郎《ひこくろう》像がありがたいものに見えてしまう」

それは三条大橋の東にある。少し説明しないとよくわからない話になるが、なにしろ高山彦九郎は土下座しているのだ。そんな姿がありがたいものか。彦九郎の土下座には意味があるが、しかしそれにしても、土下座じゃないか。そんな人をどうしてありがたがることができるだろう。「うっかり」はだめだ。土下座にすら感動してしまう。けっして「京都」にだまされてはいけない。

「京都で湯豆腐を食べる」

あれはたしか竜安寺《りょうあんじ》だった。寺の広い敷地の中に湯豆腐屋がある。しかし、これといって「京都」らしいものはなく、どこにでもあるような和風の建物だ。だが、私は食べてしまった。それはあきらかにただの豆腐だ。湯に入っているのは白くて四角いものだ。箸《はし》でつまむ。小皿に取る。醤油《しょうゆ》にひたす。私は思わず声をあげた。

「豆腐だ」

だが、京都らしさを感じようと私はその店に入ってしまったのだし、なによりだめなのは、京都に来たなら湯豆腐でも食べようと思ってしまったことだ。やがて私は、二口目を食べる。箸でつまむ。小皿に取る。醤油にひたす。そしてまた私はつぶやく。

「豆腐だ」

それはあきらかに単なる豆腐でしかなかった。どこをどうとっても豆腐以外のなにものでもない。

「京都大学西部講堂」

たしかに有名な場所だが、単にきたない建物である。有名だからと見に来てしまったことを後悔させるように、それはただただきたない建物だった。

次々と人は「京都」で、「うっかり」してしまうが、そこにこそ、京都のおそろしさがあり、そして、実際のところ、京都は怖くてしょうがない。まず町が暗い。寺や神社が多いのでその敷地は真っ暗な闇《やみ》がかたまりのようにある。そして唐突にライトアップされたものがさらに人を恐怖に陥れる。

「平安神宮の鳥居」

でかいんだよ。暗い中にでかいのが建ってるんだ。人をそんなに怖がらせてなにが面白いんだ。まったく油断のならない町だ。平安神宮の鳥居のでかさにおののきつつ、私はまた口にするだろう。

「豆腐だ」

京都にだまされてはいけない。

カセットテープとiPod

誰もが音楽が好きだ。それがどんな種類の音楽かわからないが、「音楽は好きですか？」と質問すれば、単純に「好きです」と、それなりの答えが返ってくる。もちろん私もそうだ。しかし、もう一歩踏み込んで、「どんな音楽が好きなのか」とさらに質問すると、ずばり答えられる者もいるだろうが、私はむしろ、どう応答したものか困る。もちろん好きなミュージシャンはいるがその数は多いし、「好きな音楽」となるとさらに幅が広がりどう答えたらいいかで悩む。

「まあ、ラテン系が好きだし、ボサノヴァもいいね。だけど、意外とクラシックにも好きな音楽はあるし、かといってヒップ・ホップも捨てがたく、まあ、ストレートなロックを流していると仕事がしやすいということもあるけど、じゃあ、ジャズがだめかっていうとそうでもなくて、スタンダードにもいい歌あるし、あと、あれか、ノイズミュージックだってわりと聴いたりもしてね、うーん、クラブ系やハウス系の音楽だって、もちろん嫌いじゃないわけだし」

いったいなにが好きなんだ。というか、なんでもいいんじゃないだろうか。つまり、おそらく似たようなことを口にする者らは数多くいると思われ、そう口にする者らは、「音楽が流れている環境」が好きなのだ。「いい音楽だったら、ジャンルは問わない」のではないか。私がまさにそうだ。だから、「好きな音楽はなんですか？」という質問がそもそも間違っているのだ。もっと適切な質問があると思う。

「きのうの、午後二時二十分に、なんの音楽を聴いてましたか？」

ものすごくポイントを絞るのだ。これだったらいやでも答えは決まるだろう。

「きのう？　午後二時二十分？　仕事中だったな」

「オフィスに音楽流れてないんですか？」

「だって、うちって堅い会社だろ……、あ、聴いてた聴いてた、いま思い出したよ。中村さんの携帯が鳴ったんだ」

「着メロ？」

「うん。ルパン三世」

着メロのことを書き出したらまたべつの話になるのでそこには触れずにおく。また、話に出てきた「中村さん」という人物がなぜ携帯電話の着メロにルパン三世を選んでしまったかを考えはじめるときりがないので、それはまたいつか書くことにする。いま問題になっているのは、iPodのことだ。

「コンピュータによって音楽を聴く環境はいかに変化したか」

もちろん私だって、iPodを知らないわけではない。デザインがいい。ものすごい数の音楽を持ち歩けるらしい。どこでも好きな音楽を取り出して楽しめるらしい。私の周辺の何人もがiPodを手にしているのを目撃した。欲しいと思ったことは何度もある。だが、買わなかった。私がいまだiPodを購入しないのは簡単な理由だ。

「めったに家を出ない」

もちろん家を出ないからといって、iPodを持ってちゃいけない理由はない。家の中のあらゆる場所で音楽が聴けるだろう。台所で聴く。ベランダで聴く。トイレで聴く。寝室で聴く。風呂《ふろ》で聴く。それはそれでいいじゃないか。だが人はしばしば本末転倒なことをしてしまいがちで、iPodで音楽を聴かなければならないからと家の中を動き回ってしまうものだ。意味もなくベランダに出てしまうかもしれないし、用もないのに屋根にあがってしまうかもしれない。それだけだったらまだいいが、意味もなく、押し入れに閉じこもってしまうかもしれないし、わざわざ棚の上にあがって、iPodで音楽を聴いてしまうかもしれないのだ。

まったく、なんて恐ろしい機械だ、iPodってやつは。

かつてまだカセットテープが全盛だったころ、人は自分の選曲をカセットに録音して友人やつきあっている彼女に渡すという牧歌的な時代があった。「コンピュータ時代の音楽」と対比すべきは、こうした牧歌的な時代のことで、たとえば両面六〇分のカセットテープにどう音楽を録音するか、かつての音楽ファンはそれを楽しんでいた。それはつまり、DJである。選曲する。曲順を考える。六〇分テープにどうやって収めるか考える。あきらかにDJである。かつて私も友人からそうしたテープをもらったことがあった。もう十数年前のことだ。だが、友人の選曲や曲順が不可解だった。数曲、外国のポップミュージックが続き、デビッド・バーンの歌があったあと唐突にその曲は流れた。

尾崎紀世彦《おざききよひこ》の『また逢《あ》う日まで』

どういう意味があるのだ。ここでなぜ、キヨヒコだ。なぜ、また逢う日までだ。俺に逢いたいのか。そしてイントロがすごい。キヨヒコのもみあげが目に浮かぶ。いよいよ、わからない気持ちにさせられたのだ。しかし、それはそれとして「カセットテープ」による選曲の醍醐味《だいごみ》だった。次になにが出てくるか、とりあえず流して聴いてみなければよくわからない。カセットテープのケースには曲名を書く欄があってそこには手書きの文字である。それはそれでいい時代だ。なにしろ、たとえ曲順が書いてあっても嘘《うそ》かもしれないし、字がへたすぎて読めないことだってあったのだ。iPodをはじめ、コンピュータ時代の音楽はちがう。

私は最近、アップル社の「AirMac Express」を買った。家を出ないのでiPodは意味がよくわからなかったが、「AirMac Express」はちがう。家を出ない人間にとってこんなに便利なものはない。PowerBookからiTunesに入れてある曲をケーブルもないのに家のオーディオから流してくれるのだ。だが、便利だとばかり言っていられないのは、ケーブルがないせいでどこにいても音楽を流すことが面白いことを発見すると、iPodと同様の失敗をおかしてしまうおそれがあるからだ。用もないのにPowerBookを手にしてベランダに出てしまうかもしれない。意味もなく屋根にあがってしまうかもしれない。だが、iPodよりたちが悪いのは、屋根の上にPower-Bookを持って行ってiTunesから音楽を流しても、家の中のオーディオの音が聞こえないことだ。かすかに聴こえてくるかもしれないが、いよいよ意味がわからない。そう考えると、iPodはすぐれている。屋根の上にあがっても大丈夫である。そんな家が数多く存在するとは思えないが、地下室にもぐっても音楽が聴ける。壁と棚の、妙な隙間《すきま》に入っても音楽が聴ける。なんというすぐれた機械だろう。

そして人は、新しいiPodの活用法を発見するのではないかと、私は想像しているのである。カセットテープ時代の、友人に自分の選曲を聴かせたり、つきあっている彼女にプレゼントしたあの牧歌的な世界へ、iPodによって回帰するかもしれないのだ。

「五千曲入ったiPodをプレゼントする」

ものすごいことになってしまうのだ。「誕生日おめでとう。ほら、プレゼントだよ」と男は女に向かって言うのではないか。「うれしい」と女は微笑《ほほえ》むだろう。男の手にあるのはすでに包装が解かれたiPodである。それを見て女はさらに喜ぶ。

「欲しかったの、これ」

「ただのiPodじゃないよ。僕が選曲しといたよ。一応、ジャズの歴史はすべて押さえてある。それからハワイアンもいいかと思って入れてあるし、まだ容量が余ってたんで、無難なところでストーンズも全部入れてあるから」

そんなプレゼントがうれしいだろうか。ジャズの歴史を知って女は喜ぶだろうか。自分の聴きたい音楽を入れたいのではないか。だが、きっと、iPodはそうした時代を作り出すだろう。

サポートセンター、再び

人は、こんなことをしたら取り返しのつかないことになるとわかっていながら、ついやってしまいたい誘惑にかられることがしばしばある。だから、代々、家に続く、家宝とも呼ぶべき高価な壺《つぼ》を手にして、いま手を放したら大変なことになるだろうなと思いつつ、手を放したい気持ちに負けそうになる。あるいは橋の上に立ち、昨晩、大雨が降ったので流れが急になっている川を見て、なぜかたまたま手にしているバースデイケーキを流れの中に放り出したい気持ちになったりする。だいたい大雨の翌日にバースデイケーキを手にして家など出なければよかったんだ。出るだけならまだしも、なぜ川のそばに行ってしまったのだろう。行かなければよかったのだ。けれど、大雨のあとだからこそ行きたくなるのが人の悲しさというものだ。

私がふだん使っているPowerBookには、「スロットローディング方式ディスクドライブ」というものがついている。CDやDVDを入れるときのあのディスクドライブで、ただ横に長い穴があってそこにCDを差し入れる方式のものだ。差し込めば自動的に内部に入るし、取り出しのボタンをクリックすれば自動的に出てくる。とてもスマートだ。

ある日、最近ではあまり見なくなったシングルCDを私は手に入れた。

これをiTunesで読み込ませようと思ったが、なにかいやな予感がした。書くまでもないが、シングルCDは通常のCDよりサイズが小さい。これを、この「スロットローディング方式ディスクドライブ」というやつに挿入するとどういうことになるのだろう。そのドライブの仕組みについて詳しいことを私は知らない。少し考えた。普通のサイズのCDはするっと中に入ってゆくが、この小さなサイズのCDも自動的にサイズを認識してそれなりの処理をしてくれるのか。だが、どうもちがうような気がする。これはだめなのではないか。入るわけがない気もする。ことによると取り返しのつかないことになるのではないか。ごく短い時間、そんなことを考え逡巡《しゅんじゅん》していたが、なんとかなるだろうとも思い、そして人は、取り返しのつかないかもしれない状況を目《ま》の当たりにすると、つい、それをしてしまうものなのだ。試しに入れてみた。

意外なことにシングルCDはするっと内部に入っていった。

そして、予想通り、取り返しのつかないことになったのだった。

シングルCDをPowerBookはまったく認識しない。認識しないだけならまだいい。

取り返しがつかないというのは、そのシングルCDが出てこないことだ。やってしまった。いったいどうすればいいのだ。キーボード上にあるディスク取り出しボタンを押してみた。出てこない。これはあきらかに、「取り返しのつかないこと」ではないだろうか。

いくら考えても仕方がないので、アップルのサポートセンターに連絡をすることにした。すでに書いたように、私はコンピュータ関連のサポートセンターが苦手で、それというのも、サポートセンターの人の態度がひどく怖かったからだし、なかにはコンピュータについてあまり詳しくない素人《しろうと》をばかにしたような態度をとる者もいたからだ。けれど、PowerBookの前に使っていたiBookが故障したとき以来、その認識が変わった。アップル社のサポートセンターの対応が気味が悪いくらい親切で丁寧だったからだ。

電話に出たのはMさんという女性だった。

やはりきわめて丁寧な対応である。事情を話すと、やはり、Mさんの対応は丁寧で、優しかった。優しい声音で、やんわりと話してくれた。やんわりしていながら、内容はひどく冷たいものだった。

「それはお客様の過失になります」

まだ購入して一年が過ぎていないので、私のPowerBookは保証期間内だが、「ユーザーの過失」の場合は事情がちがう。修理に出すと五万円以上かかるという。

「でも、シングルCDを入れちゃいけないなんてどこにも説明されていないでしょう」

ことによると、まったく同じトラブルで電話をかけてくるユーザーがほかにもいるのではないか。なにしろ、Mさんの応対は機敏だったからで、アップル社のサイトから、「PowerBook G4, iBook G4：スロットローディング方式ディスクドライブのトラブルシューティング」というページを読むようすぐに指示してくれた。たしかにそこには、「警告：以下のようなサイズや形状が標準外のディスクを、そのディスクを収容できるようには設計されていないドライブに挿入すると、ドライブが故障するおそれがあります」とあって、シングルCDは、「以下のようなサイズや形状」に該当する。たしかにそう書かれているものの、では、サイトを見られない人間はどうしたらいいのか。だいたい、トラブルシューティングは、トラブルが起こってからはじめて読むものだろう。そこでいきなり、「警告」と言われても困るじゃないか。だが、Mさんは一歩も引かない。「お客様の過失ということになります」と繰り返す。そこで私は、「過失」ではないことにすることを思いついた。そのままのことを書くと長くなるので、Mさんとのやりとりを簡単にまとめると次のようなことになる。

「なんていうのかなあ、PowerBook のそばに、シングルCDを置いといたら、するするっと、勝手に入っていったんだよなあ」

「うそですね」

「はい」

そこで私は、アップルのサポートセンターの、またべつの一面を見たのだった。

「うそをついても素早く見抜く」

それでも私は、一時間以上にわたって、ぐだぐだと文句を言っていたのだが、ただぐだぐだしていたわけではなく、Mさんと話すのが面白くなっていたのだし、話しながらこの連載のことも考えており、どうやって書けばこの話は原稿になるだろうと思ってもいたのだ。それでできる限り話を引き延ばし、Mさんを説得するのだが、Mさんは頑として聞き入れず、「個人的にはお客様の気持ちはわかりますが、これが会社のルールですので」と、シングルCDを入れてはいけないとは取扱説明書のどこにも書いてないという私の主張を退ける。

論理は、論理によって跳ね返される。

いくら話したところでこれはむだなのだろう。そこで私は、Mさんの情に訴えることにした。

「でも、Mさん。きょうMさんが仕事を終えるじゃないですか。それで家に戻って仕事の疲れを癒《いや》そうと、ほっと一息つこうと思うじゃないですか。だけど、そのとき、Mさんはふと思い出すんですよ。日本のどこかで、いまPowerBookにシングルCDをうっかり入れてしまい、取り返しのつかないことをしてしまって困っている男がいることを。どうですか、Mさん、くつろごうとしても、なにかいやなものが心に残りませんか。それは、Mさん、あなたの人生そのものに関わることじゃありませんか。Mさんがこれから生きてゆくにあたって、様々な人生の節目で、ああ、あのとき、PowerBookにシングルCDをうっかり入れてしまい、取り返しのつかないことをしてしまった男がいたなあって、そのたびに思い出すことになるんですよ。それでもいいんですか」

Mさんはしばらく電話の向こうで黙っていた。「どうしました、Mさん？」心配になって声をかけた。するとMさんは、いままでとはちがう種類の声で言った。

「いま、人生のことを考えてしまいました」

その後、いろいろなことをしているうちにシングルCDは、スロットローディング方式ディスクドライブから、ちょろっと出てきた。ピンセットでつまんで外に出した。

これもみんなＭさんのおかげだ。よくもまあ、こんなにたちの悪いユーザーの電話につきあってくれた。ほんとうに感謝しているのだ。

ミニはほんとうに、ミニなのか

なぜか人はものを小さくしようとする。

携帯電話が小さくなったのは劇的ともいっていい速度だった。技術的にはもっと小型化が可能だという話だ。ただ、これ以上小さくするとボタンを押すことができなくなるから、いまのサイズでとどまっていると聞いたが、だからといって、「手」や「指」のほうを小さくしようと考えるのは本末転倒である。「こんなに小さな携帯電話ができるんだからさあ、みんな小さくなろうよ」と誰かが言うのだ。たしかにそれはそうだと人は納得するかもしれないが、いくら小さくしようと思っても、なかなか、「手」や「指」を小さくするのはむつかしい。仕方がないから、せめてもと思い、「いかに小さく生きるか」に人は情熱を燃やすことになるだろう。

「可能な限り、つま先立ちで歩いて、靴の底が減るのを少なくする」

そんなことに努力するのはなにかまちがっているのではないか。だいたいひどく疲れると思う。あるいは、「コンビニの袋を捨てずに残しておいて、端を切り一枚のビニールシートにし、それをつなぎ合わせ、最終的には巨大なビニールシートを作る」というのは、うっかりすると「大きなことをした」ように錯覚させるのが問題である。コンビニの袋だ。やっていることは小さい。そもそも、巨大なビニールシートを作っていったいなんにするつもりだ。

そして、いまにはじまったことではないが、コンピュータもまた小型化される。様々な企業が挑戦し、小さくしすぎて失敗した例も数多くある。そんななか、アップル社も「小型化」に挑戦した。アップルならではの小型化を実現した。名前がすごい。見事な小型化である。

「Mac mini」

そりゃあそうだろう。小さいのだ。「ミニ」以外のなにものでもない。「Mac jumbo」なのに小型では、なんのことだかわからない。やはり、「Mac mini」だ。これ以上のネーミングがあるだろうか。冗談なのかと思わせるような「小型ぶり」である。ほかに考えられるとするなら、「Mac チビ」というのもいいような気がするものの、まあ、アップルは本来がアメリカの会社なのでそうもゆくまい。だったら、「ポケット Mac」はどうか。どうかというか、それはうそになるのでやめたほうがいい。いくら小さくてもポケットには入らないだろう。だったらいっそのこと、

「Mac ミニミニ大作戦」でいいじゃないか。いいじゃないかってことはないが、そうだ、私はそんなことを書こうと思っていたのではない。

どうしてそんなことをしてしまったのかわからないが、つい、「Mac mini」を買ってしまった。うちには、Power Mac G5もあるし、PowerBook G4もあって、ふつうに考えるとそんなに人はコンピュータを使わないのである。ではお金はあっても使い方に困っている老人なのかというとそんなことはなく、あるのは生活に困らない程度だ。まして、金を使いたいことならまだほかにもたくさんある。ではなぜ買ってしまったのか。

「ミニはほんとうに、ミニなのか」

誰だってそう疑問を浮かべるだろう。それを確かめないではいられなかった。だったらお店に行って調べればいいようなものだが、よく知られているように、ものの大きさには、それが置かれた空間との関係が大きく作用する。古道具屋でいい感じに古びた家具を発見したことがある。注文した。数日後、家に届いてみると、自分の部屋のなかに置いたその家具は意外に大きいのだ。運送屋さんが家に届けてくれた。私は思わず言った。

「なに、運んできたんだよ」

「家具です」

「ああ、これが、あれか」

実際に家になければ大きさはわからない。つまり、「もの」の大きさに対する人間の感覚などいいかげんなもので、大きいという思いこみだけでなにかに接し、ひどく小さい印象を受けてがっかりすることもしばしばあるのだ。京都の金閣寺に行ったときのことだ。林を抜けてしばらく歩くと、あの有名な金閣寺の建物を目にすることができる。そして、誰もがうっかり口にしてしまう。

「小さいなあ」

たしかに金閣寺の、あの有名な金色をした建物は池の向こうでこぢんまりと建っていかにも小さく感じる。ほんとうにそうなのだろうか。それはおそらく思いこみに過ぎず、人を畏怖《いふ》させるほど巨大なものが、「金閣寺」という言葉にあるだけのことだ。じゃあ、あれを自分の家に持ってきたとしたらどうだ。誰もやったことがないので想像するだけだが、おそらく家の中に金閣寺があったら巨大である。そもそも、家の中に入ることもまれである。というか、たいていの家は入らないと思う。もし入る家があったとしたらどうか。その家を見て誰もが口にするにきまっている。

「でかい家だ」

あるいは、奈良《なら》の大仏はどうか。たしかに大仏はでかい。口に出すまでもないほど巨大だ。私も大仏殿に入った瞬間、思わず、「でかいなあ」と言ってしまったが、その後、大仏殿に入ってくる人の誰もかれもが次々と、「でかいなあ」と口にする。不思議なのは、名前が示すように「大仏」は巨大で、あらかじめ大きいだろうと想像していながら、実物を目にしたとたん、あらためて「でかいなあ」と口にしてしまうことだ。金閣寺とはなにかが異なるのだが、ひとつ考えられるのは、奈良の大仏が「大仏殿」という建物のなかにあることだ。つまり、金閣寺を家に持ってきたようなもので、人は本来なら、「大仏殿」を見て、「でかい家だなあ」と口にしなければならないのだ。ところで、ある人が書いていたことでとても興味深かったのは、「大仏キーホルダー」や、「大仏携帯ストラップ」のことだ。キーホルダーや携帯電話のストラップだけに当然のことながら小さい。その小さいサイズの大仏ストラップは果たして「大仏」なのだろうかとその文章の筆者は疑問を呈していた。その疑問に私も強く共感するが、それを「大仏」たらしめるためには、人にでかいなあと口にさせればいいのである。ちょっとした工夫でいいのだ。

「人に、でかいなあと口にさせる程度の大きさの、大仏の形をしたストラップ」微妙である。もうほんとうに微妙だが、それを見て「でかいなあ」と言わせればいいいのだから、携帯電話と同じくらいのサイズがいいのではないか。人はそれを見てきっと言うだろう。

「大仏だ」

そう言わせたらしめたものだ。どこに出しても恥ずかしくない立派な、「大仏携帯ストラップ」である。だけど、いったい誰がそんなじゃまくさいものを携帯電話につけるというのだ。でかいんだよ。携帯電話と大仏と、どっちがメインなのかわからないのだ。

いや、そんな話はどうでもいいのだ。いま考えなければならないのは、「Mac mini」の大きさである。注文してからほぼ三週間後、ようやく、家に「Mac mini」が届いた。そのパッケージを見ただけで私は思わず口にした。

「小さいなあ」

もうその時点で小さいのだ。パッケージを開ける。さらに私は「小さいなあ」と口にした。心細くなるほど「Mac mini」は小さかった。またパッケージにしまってみる。私はやはり、「小さいなあ」と言う。机の上に、本体を置いてみる。

「小さいなあ」

そしてそれが確認できたら、私は「うん」とうなずき、PowerBookでこの原稿を書いている。なんのための、「Mac mini」だ。

Mac OS X v10.5

知人が自身のブログで「Mac OS」について書いていた。もっとも新しいバージョンは、いまさら書くまでもないが、「10.4」である。そして知人が注目していたのはその名前（いわゆる開発コードネームってやつ）だった。「10.2」が「Jaguar」であり、「10.3」が「Panther」、そして「10.4」が「Tiger」だったことから、「ネコ科の大型動物」が続いていることが気になる。だったら、次はもう、「Lion」しかないだろうと知人は言う。たしかにその通りだが、「Tiger」まではまだいい、これで次が、「Lion」になるとしたらなにかふざけているような印象にならないだろうか。ましてて、外国はともかく、この国で「Lion」といったら、洗剤のことをどうしても思い出してしまうのである。いかがなものか。そこで私は、「10.5」からはまったく路線を変えるべきだと提案したい。

爬虫類《はちゅう》はどうだろう。

どうしてなのかと真面目《まじめ》な顔で問われても困るが、「ネコ科」の次は、「爬虫類」だとされている。一般的にはどうか知らないが、少なくとも私のなかではそういうことになっている。「私のなか」と書くと、どこかいかれてしまった人の妄言のようにとられる恐れがあるので、たまたまそばにいた知人のA君に質問してみた。

「ネコ科の次はなにかな？」

「爬虫類でしょう」

やっぱりそうなのだ。そんなことをなにも話題にしていなかったのに、即座に「爬虫類」という言葉が出るのだから、これはもう、「爬虫類」以外には考えられないし、大方のMac好きもまた、「爬虫類」だと考えているのではないか。だが、まだ二人だ。二人くらいだと、やはり、「いかれた連中がなにか言っている」と受け取られる可能性は高い。そこで、最近、あまり話をしていなかった友人に電話をした。だが、唐突にそんな話をするのも変なので、私はおずおずと話を切り出した。

「Macなんだけどさあ」

「爬虫類でしょう」

まだ私はなにも言っていないのだ。だが、知人はもうそれだけでぴんと来たのだと想像する。三人になった。これはもう、かなりの確率である。つまり、こういうふうにも言葉にすることができる。

「Ｍａｃといえば、爬虫類じゃないのか」

だったら、次に私が電話すべき場所はどこだろう。

アップルのサポートセンターだ。

だが、それこそ唐突である。サポートセンターの人も困惑するだろう。そんなことを質問されても答えるすべがないだろうし、そもそも、「爬虫類」の意味がよくわからないと思われた。

思い切って私は電話した。相手が出た。私は少し慌《あわ》て気味に早口でまくしたてた。

「Ｍａｃといえば、爬虫類ですよねえ。がちゃ」

すぐに電話を切った。相手の反応なんかかまうものか。目的だってわからないのだ。だいたい、サポートセンターの人にしたらあまりに意味のわからない質問だ。すぐに切るのが礼儀というものだ。私はやりとげた。それだけでいいんだ。やりとげたことで、ほぼ、「10.5」の開発コードネームは「爬虫類」になったと書いても過言ではない。

だが、「爬虫類」といっても、その種類は多岐にわたると思われる。しかも私は、「爬虫類」のことをこれまでそんなに考えた経験がないのだ。たしかに研究者だったら、日々が爬虫類との格闘だろう。爬虫類のことばかり考え、なにをするにも爬虫類を基本にするのではないか。

「最近の小泉の言動は、いってみれば、雁《がん》が飛べば石亀《いしがめ》も地団駄だね」

大事なのは爬虫類だ。よく意味はわからないがおそらく爬虫類のことしか考えていないので、そうなってしまう。「母さん、きょうの晩飯、なんかいつもより、藪《やぶ》をついて蛇を出すってやつじゃないかい」とばかりに、用法もまちがえるほど、なにからなにまで爬虫類である。研究者はすごい。どんな分野もそうだがその道を極める者にはかなわない。そこで私も少し勉強をしなければならないと思った。なにしろ、次の「Mac OS」は「爬虫類」だからだ。『広辞苑《こうじえん》』（岩波書店）には、「爬虫類」は次のように記述されている。

「脊椎《せきつい》動物の一綱。一般に陸上生活に適した体制をもち、体は鱗《うろこ》や甲で覆《おお》われている。四肢は短く、ヘビなどでは退化。変温性で、空気を呼吸し、卵生あるいは卵胎生。現生のムカシトカゲ・カメ・トカゲ（ヘビを含む）・ワニの各目（もく）約六〇〇〇種のほか、中生代に栄えた恐竜など多くの化石種がある」

だから、「Mac OS X v10.5 ティラノサウルス」とか、「Mac OS X v10.5 チュアンジエサウルス」でもいいことになる。だが、恐竜にゆくにはまだ早い。おいおい恐竜に発展するとは思うが、最初はもっととっかかりのいいところからはじめるべきではないか。だとしたら、蛇がいいのだろうか。亀だろうか。しかし考えてみると、「スネーク」や、「タートル」はもうひとつぱっとしない。いっそ日本語にしたらどうかとスティーブ・ジョブズに提案したいと思うが、そうなると、次のようなことになってしまうだろう。

「Mac OS X v10.5　トカゲ」

いや、これはこれでいいじゃないか。なかなかいけるのではないか。外国人にしたらなんのことかよくわからず、「トカゲ」という言葉の響きがいかしているってことにならないだろうか。だって、「Tiger」は「Tiger」だからもっともらしいが、これを翻訳したら単に次のようなものだ。

「Mac OS X v10.4　虎《とら》」

阪神ファンかよ。縦縞《たてじま》のユニフォームで仕事をするのか。7回になったら風船を飛ばすのか。ここは甲子園か。だったら日本語版に移行するに際して、OSのあらゆるメッセージを関西弁にするべきだ。俺はそんなものはいやだよ。腹立たしいじゃないか。

話を爬虫類に戻すと、「爬虫類専門のペットショップ」には、おそろしいほどの種類の爬虫類がいて、どれをコードネームに使ったらいいかたいへん迷う。「トカゲ」

「ヤモリ」「リクガメ」「ヘビ」など、ごくごく初歩である。「爬虫類専門店・バオバブ」には、「新入荷」の爬虫類としてこんな例があげられている。「チャグロサソリ、チャイニーズゴールデンスコーピオン、ピグミージェルボア、クランウェルツノガエル、アルビノ・レオパ、ミシシッピーニオイガメ、アマゾンツノガエル、ウーパールーパー、ホシガメ、アカハライモリ、ジーベンロックナガクビガメ、オリーブツヤトカゲ、ユバトカロテス、カメレオンモリドラゴン」

なかでも私が注目したのは、「ミシシッピーニオイガメ」だ。さぞかし「におう」のだろうな。どんな匂《にお》いか気になるところで、しかし、これをコードネームに使うとなると少し勇気がいる。なにしろ「におう」のである。次期ＭａｃＯＳの開発コードネームは「爬虫類」だとほぼ決まったことになっているが、しかし、こうして考えてゆくと、なかなかそれにふさわしいぴったりの名前がない。

「Mac OS X v10.5　ジーベンロックナガクビガメ」

なかなかに興味深い名前だが、単に長いだけである。それで、ここまで書いていまさら進言するのもなんだが、「爬虫類」はあまりよろしくないのではないか。Appleの人たちにきちんと報告したほうがいいのだろうか。誰かスティーブ・ジョブズに会う人がいたら、直接、伝えてもらいたいと思う。

「やっぱり、爬虫類はまずいですよ。なにせ、ジーベンロックナガクビガメですから」

やぶからぼうになんだと、ジョブズもひどく困るとは思うが。

Tech Info Library

以前も書いたと思うが、コンピュータで困ると、誰かがどこかで同じように困っている。

それは運命のようにやってきて、なんらかの不具合は必ずといっていいほど発生する。かつてはニフティサーブに「Ｍａｃユーザー」の部屋があり、トラブルがあればそこで質問すると誰かが答えてくれた。そればかりか、たいていのトラブルは、どこかで誰かが同じように困っている。ニフティの発言をいろいろ探すと、やっぱり誰かが同じように困っており、それに対する回答がべつの誰かによってなされ、ここにユーザー間の素晴らしい関係があった。

久しぶりに、Ｍａｃを使っていてよくわからないトラブルに見舞われた。いま使っているデジカメはリコーの「Caplio G4 wide」という製品で、どこかでグラフィックデザイナーの方がブログ用に使っているという記事を読んだからだ。起動が速いからなにかを見つけたときとても重宝するとあった。たしかに、それはブログ向きだ。そしてトラブルはOSを、10.4にした直後に起こった。「Caplio G4 wide」をPowerBookに接続し画像を取りこもうとしたときだ。接続できない。そしてメッセージが現れた。

「RDC.KEXTがありません」

いきなりなにを言い出したんだ。そんなことを言われてもユーザーは困るだけである。だいたい、その「RDC.KEXT」というやつがよくわからない。ありませんと言われても、じゃあどうすればいいかわからないのだ。たとえばこれが、「電源プラグがコンセントにささっていません」だったら、私はすぐにコンセントにさすだろう。「ねじがひとつありません」と言われれば家中をひっくりかえしてねじを探す。だが、その「RDC.KEXT」というやつは、おそらく家の中にないと思うのだ。確かめてはいないが、いままで「RDC.KEXT」を見たことがないし、かつてその言葉を一度だって口にしたことがない。そもそも、これはなんと読めばいいのだ。コンビニに買いに行っても絶対に見つからないと思われ、そのとき店の人に、「RDC.KEXTをください」と言いたいものの、なんと発音したらいいかわからないとすれば、店の人に質問すらできないのである。そして、そんな人の困惑する姿とはまったく無縁にきっぱりとした態度でコンピュータは言う。

「ありません」

これは困った。そう頭ごなしに言われてもどうしていいかわからない。そこで私は最初に書いた教訓を思い出した。「いま私が困っていることは、きっと誰かも困っている」だ。ニフティサーブではなく、今回は、Googleで検索することにした。ごく単純に、「RDC.KEXT」と入力して実行した。すぐに何件かのサイトがサーチされた。やっぱりどこかで困っている人がいたのである。そんなことじゃないかと思ったが、「Caplio G4 wide」のドライバーが10.4に対応していないという単純な理由だ。その後、対応したドライバーがリコーのサイトにアップされたので問題は解決したが、ただ、いまだに私は、「RDC.KEXT」のことがわからない。

ところで、アップル社のサポートサイトには、「Tech Info Library」というページがある。アップル社の製品、ハードからソフトまで様々な技術情報が掲載されとても便利だ。そのなかに最近、とても興味深い情報が掲載されていた。

「iMac G5を持ち運ぶ方法」

これは技術情報なのだろうか。この見出しだけを見れば、それは単に、「運び方」の問題のように考えられる。いや、そんなことはあるまい。なにか奥の深い話だろう。なにしろ、「Tech Info Library」である。そんな単純な「運ぶだけの話」であるわけがない。それで内容を読んでみた。いきなりこうある。

「iMac G5を持ち運ぶのは難しくありません」

なにかいやな予感がするのである。なぜなら、誰が考えても、iMac G5を持ち運ぶのは難しくないと思うからだ。しかも、「Tech Info Library」に掲載される話題だけに、すでに「iMac G5」を所有している人に向けて書かれた情報だろう。だったら、いま目の前にある「iMac G5」を、運ぶのが大変か、そうでないか、だいたい想像できそうなものじゃないか。ということは、ぱっと見、簡単そうに見える「iMac G5を運ぶ方法」だが、なにかこつがあって、そのこつをうまくつかまないとだめなのかもしれない。

だから、「Tech Info Library」は、「コンピュータを移動させる前に、すべてのケーブル類とコード類を外していることを確かめてください」と、まずは慎重にアドバイスしてくれる。

これはたしかにそうだな。ケーブル類は外してないと、運ぼうとしたとき外部機器が引っぱられ大変なことが起こるかもしれない。だが、そんなこともまた、言われなくても人はわかるのではないだろうか。こう、持ち上げてみてケーブルがついており、その先にプリンターや外付けハードディスクがあったら、これは外さないとだめだろうと当然のように気がつく。けれど、これも大事なんだ。「Tech Info Library」にとってはこうした細やかな情報こそにその役割があるのだ。そして、運び方のもっとも中心的と思われるのが、ケーブルを外すアドバイスの次に記された、「iMac G5を抱えるときは、本体の両側面をしっかりと支えながら持ち上げます」だ。これはきわめて大事な問題だ。そこで失敗したら取り返しのつかないことになる。だから、次のような人間がいたら大変である。

「本体の底を、親指、人差し指、中指で持ち上げる」

おまえは、喫茶店のウェーターか。だが、そんな人間がいないとも限らない。ここはしっかり押さえておくべき重要なポイントだ。「またのあいだに挟む」とか、「サッカーボールのようにリフティング」とか、考えられる「まちがった運び方」はまだ無数にある。そして、最後の一節になる。「iMac G5を持ち運ぶ方法」は次のような言葉で締めくくられ、正直、私は唖然《あぜん》とした。

「次に、目的の場所まで運んでください」

これで終わりなのか。それでいいのか。そりゃあそうだろう。それがたとえば、「次に、元の場所に戻してください」では、なにがなんだかよくわからない。これはたしかに親切だ。手取り足取り教えてくれる。正直、人をばかにしているのかと思わせさえする親切ぶりだが、この過剰な親切があってこそのアップルだ。

そして、時として「Tech Info Library」はよくわからない標題があることでもよく知られ、たとえば、「電子メール通知の引き金になるものは何ですか?」は、なんのことだかさっぱりわからない。「引き金になるもの」と書かれると、そこにはなにか悪いことが待っている印象を受けるが、しかし、「電子メール通知」はべつに悪いことではないのではないか。通知されるとなにか困るのだろうか。オフィスで仕事をしていると、メールが届くたびに、なぜか遠い親戚《しんせき》の叔父さんのところに通知が入るとかそういったことだろうか。そりゃあたしかに面倒だが、ともあれ、なにか素人《しろうと》にはわからない難解なことがあるらしい。あるいは、そこまで説明しないとだめなのかと思われるものも数多くあり、そのひとつが先に書いた「持ち運ぶ方法」だが、次のこれは、それと同時に、わけのわからない文章である点が素晴らしい。

「普通に使用していても暖かくなることがあります」

どうやら、iPodのことらしい。少し考えればわかりそうなものだが、なかには、熱を発しているから、もしかしたら爆発するのではないかとびくびくするユーザーもいるかもしれない。なにからなにまで、「Tech Info Library」にぬかりはないのだ。

相性の神秘

　よくコンピュータの世界で「相性」ということが言われるのはなんだろう。たとえば、一昨年《おととし》（二〇〇四年）の夏、映像作品を作ってＭａｃでＤＶＤに焼いた。それをうちにあるパイオニアのプレイヤーで再生しようとしたところ、まったく読みこんでくれなかった。最初はＤＶＤの作り方に問題があるのだろうと思っていたが、そのとき手伝いに来ていた者が試しに家でゲーム機のプレイステーションを使って再生したところ、なんの問題もなく観《み》ることができたという。

　ひとつここではっきりさせておきたいのは、パイオニア製のそれは、ＤＶＤの録画と再生ができる専用機であり、申し訳ないが、プレイステーションよりは価格もかなり高い。けっして機能的に問題があるわけではないのだ。こうした例はほかにも数多くあると思われ、外付けのハードディスクがＭａｃと相性が悪いとか、ＣＤ-Ｒのメディアがコンピュータと相性が悪くて焼けなかった、メモリの相性が悪くて認識しないなど、様々な話を聞く。私はここで、ひとつの仮説を発表したいと思う。

「相性は神秘である」

なにしろパイオニアのプレイヤーで再生できないものが、プレイステーションで観られるというのがすでに神秘だろう。誰かが論理的にその仕組みを説明してくれても、私はそれを信じない。信じないというより、信じたくないのだ。なにしろ腹立たしいからだ。よりによってなんでプレステなんだ。ほかのＤＶＤプレイヤーだったらまだ納得できたが、プレステってのがしゃくに障《さわ》るじゃないか。こうして、もっとも人という有機的なものから懸け離れているかに見えた「デジタル機器」が、人の不思議について考える手がかりにもなる。人はたとえば、時としてこんなことを口にすることがないだろうか。

「俺、よくわからないけど、どうも、六本木とは相性が悪いんだよ」

おおむね「相性」は、人と人の関係のなかで生まれるように感じ、「相性のいい夫婦」とか、「相性の悪いピッチャーとキャッチャー」などに使われるが、ここではなぜか、「俺という人」は、「六本木という土地」と相性が悪いという。これはひどく奇妙に聞こえるが、よく知られているようにそういうことはしばしばある。

「六本木に行くたびに、転ぶ」

実際、よく転ぶ人はいる。新宿だろうと、渋谷だろうと、場所や土地と関係なく転ぶ人間はそのことで相性を問題にしない。というか、「なんで私、すぐ転ぶのかしら」と転ぶ自分について嘆くだろう。だが、その人は六本木でしか転ばない。べつの言い方をすれば、六本木に行けば必ず転ぶのであり、だとすれば、これはもう、「相性」だろう。だから「相性が悪い」に関しては様々に考えられ、六本木には次のようなこともある。

「六本木に行くたびに、靴を片方だけ紛失する」

そもそも、靴を片方だけなくしてしまうことはまれだが、それが、「六本木に行くたび」となると、これはもう「相性」としかいいようがない。なんらかの不可解な「相性」がそこに生まれているのだ。「六本木に行くたびに、一万円拾う」とか、「六本木に行くと決まって、小学校の同級生に会う」「六本木に行くたび、頭から血が流れる」など様々なことが起こっていると思われるが、「六本木」の部分に、「鹿児島《かごしま》」でも、「室蘭《むろらん》」でも、なんなら「リオデジャネイロ」でもなんでも入れ替えても「相性」の問題になるので、「リオデジャネイロに行くたびに、リオデジャネイロの人だと思われる」という、よくわからないがそうした事例はきっとある。

だが、「土地」による「相性の神秘」は、まだ理解しやすい。

それというのも、「土地」にはそうした不思議な力が宿るのを予感するからで、「土地」のほかにも、「道路」「建造物」「ある特定の店」などが考えられる。「関越自動車道を走るたびに、スピード違反で捕まる」という人の場合、ほかの高速道路では捕まったことがなく、なぜか「関越」とは相性が悪いのだ。そして、「東京タワーに行くたびに、めまいがする」というのは単なる高所恐怖症だし、「松屋に入るたびに牛丼を食べる」というのはただの牛丼好きだ。

いや、そんなことはどうでもいいのだ。

そんなことを書こうとは思っていなかった。「相性」は神秘だということが重要である。たとえば、「ホテルの七階に泊まると、体調が悪くなる」という人がいるのではないか。そうした神秘がきっと存在すると私は想像する。どんなホテルでも同じだ。だが、べつの階なら問題はない。けれど七階だけはだめだ。七階とは相性が悪い。これになにか論理的な説明がつくだろうか。最初はそれに気がつかない。出張でどこかの町のホテルに宿泊する機会の多い会社員がいたとする。月に一度は出張しなければならない。たびたび、体調が悪くなり、しかし常時ではなかった。それがあるときなにかのきっかけで、七階に泊まると体調が悪くなる奇妙な符合に気がつくのだ。「俺は、七階と相性が悪い」と会社員はつぶやくのだ。フロントでキーを渡される。見れば、「七階」の「777号室」だ。相性が悪いとわかってしまった会社員はもうだめだ。「こんなに7が並んでいる」と叫び、呼吸が苦しくなる。膝《ひざ》が震える。キーを持とうとした手に力が入らない。なぜなら、相性が悪いからだ。ほんとうに、「相性」は恐ろしい。

けれど、それだけだったらまだいい。もっと恐ろしい相性の悪さがあるのではないだろうか。

「カーテンレールと相性が悪い」

こうして自分で書いていても、意味がよくわからないものの、なにか「合わない」のだろうなと思うのだった。「カーテンを引こうとすると、カーテンがカーテンレールごと落ちてくる」とか、「向こうからカーテンレールを買った人がそれを運んでくるのだが、なにかのはずみでその人が振り返ったとき、そのカーテンレールで頭をこづかれた」「道を歩いていると、なぜかカーテンレールが落ちていたので、いったいなんだろうと思ってじっと見ていたら、上から石が落ちてきて頭から血を流した」「日曜日に会社の野球大会に参加し、いよいよ自分の打順が回ってきたから打席に立つと、審判から注意されたので、なにかと思ったら、バットの代わりに、カーテンレールを振っていた」など、いろいろ、「カーテンレールと相性の悪い人」には苦労が多いのである。

繰り返すようだが、「相性」とは「神秘」である。

そして先に書いた、DVDだけではなく、コンピュータや、Ｍａｃの世界にも、この「相性の神秘」は様々にあって、しばしば人をいやな気持ちにさせるのだ。たしかに機械だけに、はっきりとした理由はあるにちがいないが、神秘としか思いようがないことが時として起こり、論理で片づくはずのものがあまりに不可解だから、いよいよコンピュータに不信感を抱く。

たとえば、ネット上のあるサイトに行こうとしてもいつも接続できないが、友だちは見ることができるといった種類の話はないだろうか。あるいは、自分が操作すると、きまってＭａｃが壊れるという人もきっといるにちがいない。あるプロバイダーのメールサービスを使っている人にだけ、絶対、メールが届かないとか、Ｍａｃの調子が悪いのでサポートセンターに電話してもけっしてつながらない。飼っているネコが必ずキーボードの上にゲロを吐く。

すべて相性である。

そして相性には、「悪い」もあるが、「いい」もあるのだ。すべて逆の人もいるのだろうな。なんでもうまくゆく人だ。それはつまり、Ｍａｃと相性のいい人だ。

iTunes Music Store

いよいよiTunes Music Storeのサービスが日本でもはじまった。ニュースはまたたくまに人の口にのぼり、いまこうして書くと時期を逸した感がいなめないが、サービスがはじまる前後の時期、様々な楽観的ビジョンを語る人たちもおり、その気持ちはよくわかる。それというのも、私もその一人だったからだ。いつでも家に居ながらにして気になった音楽を手にすることができる。しかも、聴きたいと思ったそのときに買うことができすぐ聴けるのは、夢のような話じゃないか。

私の知人に、無駄なものは捨てるという男がいた。たとえば、CDを買うとパッケージを捨てるのである。ディスクさえあればいいというのは、つまり、音楽さえあればいいという話だ。「片づけ王」とも「無駄嫌い王」とも、あるいは、「省スペース王」「コンパクト生活王」「シンプルライフ王」とも呼ばれた男がいた。必要がなければなんでも捨てる者たちだ。

「ティッシュペーパーの箱はいらない」

考えてみればその通りだ。ティッシュさえあればいいのであって、箱は、あればあったできっと便利だろうが、「シンプルライフ王」「省スペース王」「コンパクトライフ王」にはあんな箱なんて邪魔にスペースを取るだけだ。ティッシュだけ箱から鷲《わし》づかみにして外に出し、箱など畳んで捨ててしまう。ティッシュを床に置いて、一枚一枚、手間はかかるが取ればいいのである。

「スーパーや肉屋に行ってもパッケージはいらないと、肉を手で無造作に掴《つか》んで買ってくる」

豪快である。パッケージや、包みなんていらないのだ。肉さえあればいいのだ。なにしろ食べるのは肉だ。パッケージや包みはゴミになるだけだ。

CDのパッケージばかりか、iTunes Music Storeでは、なにしろディスクもないのだ。「シンプルライフ王」にとってこんなに無駄が省けるものがあるだろうか。もちろんレコードやCDのジャケットが好きだという者もいるが、音楽さえあればいい真の音楽好きがそこにいる。しかもよくよく考えてみれば、肉好きは、肉だけが好きなのであって、パッケージにはぜったいに興味がないだろう。いま音楽もそうなった。音楽を享受《きょうじゅ》する環境がいまや革命的に変化している。

そうした者らの希望はいやがうえにも、高まったと私は想像する。「物」がない。

はっきり手にとることのない、デジタルデータだけによる音楽だ。正直な話、まったくわけのわからない状態だが、音楽は音楽だ。音楽はただ聴けばいいのだ。

だが、サービスがはじまってみると、まだ環境の整備がすんでいないのか、なにかで噂《うわさ》を聞いた音楽を探しても意外に見つからないことがわかったとき、少し失望したのも正直な気持ちだ。私ひとりがそう言っているのではなく、何人もの人から同じような話を聞いた。たしかにiTunes Music Storeとて商売である。売れる音楽が優先されるのはわかる。まだ環境の整備が整わず、あらゆる種類の、それがどんなにマイナーでも用意する余裕がなかったとも考えられる。

そしてさらに、iTunes Music Storeに希望を抱いていた者らを驚かせたのは、サービスがはじまった日、その日にストアで売れた曲のヒットランクが発表されたからだ。私は目を疑った。ベストテンの第三位におどろくべき歌がランクインされていた。

「愛のメモリー」

歌っているのは松崎しげるだ。いま、町でよく聞くようなヒット曲、売れている音楽を抑えて堂々の三位だった。いったいこれはなんだ。そんなに松崎しげるファンがいたのだろうか。iTunes Music Storeのサービスがはじまったとたん、松崎しげるファンが殺到したのだろうか。そんなにファンだったらCDをすでに持っているのではないか。なにしろ、たしかにその歌は知っていたが、いま売れる要素がまったくわからない。こうして、全国のiTunes Music Store利用者たちは、にわかに、松崎しげるについて知りたくもなったのだ。

あるいは、まさかそんなことがあるとは思えないが、こっそり人は、松崎しげるのファンなのではないか。

意外にあの人は好感度が高いのではないか。なにしろ、第三位だ。クレイジーケンバンドがベストテンに入っているのはなんとなく理解できても、だからってなあ、なにしろ松崎しげるだしなあ。

いったい、松崎しげるとは何者なのだろう。その秘密をこの機会にはっきりさせておくべきではないか。もちろん多くの人がその名前を一度ならずとも聞いたことはあると思う。だが、しげるについて詳しいことは誰も知らない。『西遊記』という小説の名前を知っていても、では、それを読んだことがあるかといえばほとんどの者が読んだことがないように、「DNA」という言葉を知っていても、ほとんど誰もそれを実際に見たことがないように、ツチノコの噂は聞いたことがあってもけっして見ることができないように、松崎しげるは存在する。

そのオフィシャルサイトにあったプロフィールには、次のように経歴が記されていた。

「１９４９年11月19日、東京生まれ。１９７０年デビュー。１９７７年『愛のメモリー』で日本レコード大賞歌唱賞受賞。国内外、数々の音楽祭で受賞の実績を持つ実力派であり、年間１００本以上のステージをこなし『ディナーショーキング』の異名を持つエンターテイナーでもある。『噂の刑事トミーとマツ』に主演する等、ドラマ・ＣＭ・バラエティ・ミュージカルと幅広く活動している」

そうだったのか。「愛のメモリー」で日本レコード大賞歌唱賞を受賞までしている実力派である。さらに、噂に聞いたところによれば、本来は左利《き》きだが、どこかに行くと、そこにあるギターは、たいてい右利き専用なので、右でもギターが弾けるように練習したという。人を楽しませたいという一心で、練習したのだ。こんなに誠意のある歌い手がほかにいるだろうか。ことによると、人は口には出さないが松崎しげるを愛しているのではないか。好感度がきわめて高いのではないか。そうでなければ、第三位にいるわけがないじゃないか。まして、iTunes Music Storeである。町の小さなレコード屋ではないのだ。

だが、私をがっかりさせたのは、その後、「愛のメモリー」のランクが徐々に下がり十位以下に転落してしまったことだ。けれど、まだあきらめてはいけない。しげると入れ替わるようにランクの上位を狙っている歌があるのをある日発見した。それもまた、理解を絶する歌だった。なぜ、ランク上位にいるのかもうこうなると、理解できない。

「大都会／クリスタルキング」

あれである、「あーあー、果てしない」という高音のボーカルと、いきなり演歌の歌手かと思わせる男の歌によるツインボーカルのあの曲だ。これこそ、理解ができない。いったいiTunes Music Storeで、なにが起こっているというのだ。

「愛のメモリー」と「大都会」

iTunes Music Storeの営業が日本ではじまったとき、なにか恐ろしいことが起こったのだ。まあ、CDを買うほどでもないが、なんとなく聴いてみたいなという者らが、「百五十円」という価格につられて買ってしまったのだろうか。いや、そんな単純な理由ではないと私は考える。その後、MACPOWERの編集長Tさんから、あれはiTunes Music Storeのバグだという裏情報も聞いたが、私は信じたくない。だって、バグにしたって、なにも「愛のメモリー」と、「大都会」である意味がわからないじゃないか。あれは売れていた。なにかの手違いで売れてしまった。私は会ってみたい。「愛のメモリー」と「大都会」を買ってしまった者らに。いったいなにが彼らを惹《ひ》きつけたのか、いまだにその謎《なぞ》はわからないままだ。

III

Apple Store, Ginza

すでに多くの人によって語られたと想像するのは、アップルの直営店「アップルストア」が、コンピュータといえば忘れてはならない秋葉原ではなく、それを避けるように、（東京に限って言えば）銀座、渋谷と、ステータスの高い繁華街に出店した出来事である。いったい、「アップルストア」とはなんだろう。なぜ秋葉原はいけないのだろう。どうして銀座なのだろう。秋葉原がだめなのは、なんとなくわかるが、だったら、四谷ではいけなかったのか。西日暮里《にしにっぽり》でもいいじゃないか。なぜか下高井戸だったら意表をついていて面白いと思うし、小竹向原《こたけむかいはら》ではなんのことだかわからない。小竹向原のことは私も詳しくない。そして人は知ることになる。

「アップルストア」は場所を選ぶ。

銀座でなければいけなかった。あるいは新宿ではなく、渋谷を選んだ。この選択には戦略があきらかにうかがえ、「アップル直営店」、あるいは、「アップル社」のイメージに関わる大きな鍵《かぎ》がある。このことに触れるのは、いまコンピュータと、その文化のみならず、「この国の現在的な文化」そのものを考える上で避けて通れない。と、書くとなんだか大袈裟《おおげさ》で気恥ずかしいが、ともあれ、私もそれについて考えたいと思った。だが、ひとつだけ大きな問題があるのだ。

私は一度もアップルストアに行ったことがない。

ないんだよ。行こうと思ってもそんな気持ちにちっともなれないのだ。そんな人間が「アップルストア」について考えていいのだろうか。写真では見たことがあるが実際には店の前すら歩いたことがない。店内の雰囲気など知るよしもなければ、「アップルストア」がきわめて魅力的だったとしてもそんなことは知らない。なにか目新しいサービスがあるとか、商品の展示のアップルらしい方法などわかるわけがないじゃないか。なにしろ、行ったことがないんだ。繰り返すがそんな人間がなにか語ろうとしていいのか。だが、語りたいんだ。考えたいんだ。そんな人間でも考えるのは自由じゃないか。

いや、これは考える上での問題や、障害ではけっしてない。

むしろ考える上で重要なのは、「行っていない」ことだ。行ってしまった人間には「アップルストア」がはっきり見えない。その雰囲気に飲まれ、ある種の酩酊《めいてい》状態になっているので、客観的な判断などできないにちがいない。行かないからこそわかることがある。見えることがある。考える資格がある。語るだけの力が生まれる。私はいま、行っていなくて幸いだとすら思っている。「アップルストア銀座」に行っていたらと思うとぞっとする。なぜなら行ってしまったらそれについて語ることなどけっしてできないからだ。

まあ、行ってない人間がこんなことを書くのもなんだが、今回は、いくつかある「アップルストア」のなかでも、やはり、第一号店として登場した「アップルストア銀座」のことを取り上げたいと思う。というより「銀座」でなければいけない。「渋谷」でも、「心斎橋」でもだめだ。「銀座」を語ってこその「アップルストア」と言ってもいい。つまり、「銀座」を語ることは、「世界」を語ることだ。まあ、行っていないのでなんとも言えず、そのあたりのことは、あまりはっきりしないが、なんとなくそんな気がする。

さて、まず第一に考えたいのは、その外観である。

見たことはないが、かなりいいらしい。むしろ、見たことがないからきっぱり断言できる。いい。ぜったいにいい。かろうじてアップル社のサイトや、ほかでも開店に際して報道されたニュースなどの写真では知っている。つまり、残念ながら多少の知識があるのが悔しい。そして、だからこそ言えるのは、それがきわめてすぐれた商店建築だということだ。シンプルな箱のような形のデザインに、ただ、アップルのマークがレイアウトされている。遠くからでも人の目を引く。きっと人は言うのだ。

「おや、あれはなんだ？」

いや、私個人としては見ていないからなんとも言えないが、おそらくそうだ。ま、私は一度も、「おや、あれはなんだ？」などと、そんな芝居じみた言葉を口にしたことはない。言うわけがないじゃないかそんな不自然な言葉。だが、それは単に私が、「アップルストア」が銀座にできてからいまだに、その付近にすら行ったことがないからで、もし実際に目にしていたらきっと私も、「おや、あれはなんだ？」と口にしているはずだ。ぜったいそうだ。それで人はごく自然に、「アップルストア」に足が向かうだろう。だんだん建物に近づく。目の前に「アップルストア」がその姿を現す。洗練されたその姿に足がすくむ。

「いったいこれはなんの店だろう」

わからないのだ。人はけっしてその外観だけでは、なんの店かわからない。白い壁面にリンゴをかたどったマークがある。それでなにがわかるというのだ。だが、だからこそ魅力的だと人は感じるし、ある種の神秘的な誘惑がそこに出現する。

「あんなリンゴのマーク、冗談じゃねえな、人をばかにしてるのか。なんか書いとけよ。リンゴだろ。リンゴじゃないか。ふざけるのもいいかげんにしろよ、まったく。けっ、リンゴなんて……、リンゴか、リンゴな……。なにかな。うーん、そうか、リンゴかあ。リンゴってことになるとな。やっぱり、そうだよな。それはそうだ。リンゴだものな」

こうして人はいつのまにか、「アップルストア」に吸い込まれるように入ってゆくのだった。店に入る。人は息を飲む。それはまさに未知の体験だった。

そこには夢のような世界が広がっている。

なぜなら、それが「アップルストア銀座」だからだ。外から見るだけではわからなかったが店内は想像を絶するほど広い。はるか遠くにジャングルさえ見える。店員は皆、西洋人だ。ここはどこの国だ。誰もが目を疑う。向こうからミッキーとミニーがやってくる。そして展示された商品を見ると、驚くべきことに、どれもこれも「アップル」のコンピュータたちだ。「iMac」がある。「Power Mac G5」がある。「PowerBook」もある。そして、その傍らには様々な種類の周辺機器が並ぶ。もちろん、「iPod」もある。どこまでも続く長い棚に「iPod」が陳列されているが、だからといって、そんなに「iPod」に種類があるわけでもないので、その置き方にアップルらしい工夫がこらされている。

「たてに置かれている」

これは普通である。

「ピラミッド状に積み重ねてある」

意味がわからない。

「微妙にななめに置いてある」

さらに意味がわからない。それで人は、その斜めの「iPod」をきちんとした状態にしようと手を触れようとする。ついしたくなるのだ。人とはそうしたものだ。壁に飾ってある額に入った絵が少し斜めになっていれば直したくなるのと同じことだ。「iPod」に手を触れた。警報ブザーが激しく鳴る。するするすると、天井からロープが下りてくる。いかめしい戦闘服に身を包んだ屈強な男たちがロープを伝って姿を現す。手には自動小銃だ。棚に並べられた、少しだけ斜めになっている「iPod」を直そうと触れただけで、あなたは警備の男たちに取り囲まれるのだ。それが「アップルストア銀座」だ。

向こうで笑っているのは西洋人の店員たちである。

まったく「アップルストア銀座」は恐ろしい。油断もすきもありはしない。なにしろそこは「銀座」だ。恐ろしいのも頷《うなず》ける。「銀座」である。けっして「下高井戸」ではない。もちろん、私は一度も行ったことがないが、きっとそうにちがいない。

季節の憂鬱《ゆううつ》

この夏のあいだ、PowerBookの調子が悪かった。どうやら熱をもつとハードディスクの調子が思わしくなくなにやら異音がするのだった。それはときとして、もうだめだとばかりに、きりきりといった高音の絶叫に近い音だった。かつて、iBookがやはり、奇妙な音をたて、あげくの果てにハードディスクがクラッシュし使い物にならなくなったことがあったので、今回もかなり警戒した。

だが、iBookの場合はあきらかにクラッシュだったが、熱がおさまるとPowerBookの調子は元に戻るので、いつかだめになるなと警戒しつつも、いまだにだましだまし使い続けている。熱だな。そして季節なのだなと思ったのは、夏から残暑の季節にそれはやってきたものの、少し涼しくなってからあまり異音が気にならなくなったからだ。

「季節」である。

なにごとも「季節」に支配されているのだ。むしろ、そんなことはあたりまえだと思っていたが、このことから私はあらためて「季節」について自覚した。「季節」。四季のある国に生まれてしまった者の宿命だ。人はついうっかりすると「季節」を忘れてしまう。だからつい、面倒になって、もうこれはいらないんじゃないかと思うものを出しっぱなしにしてしまうことは誰にだって経験のあることではないだろうか。

「扇風機」

いまだに家のリビングにそれがあるのだった。もちろん使っていない。使う必要がない。なにしろそんなものが必要ではない「季節」なのだ。それで、あらためてコンピュータの話に戻ると、ときおり、というよりデスクトップだったら始終、ファンが回転することがあって、季節はずれの扇風機のことを思い出してしまうことだ。「回るなよ」と私は思った。

「だって、もう扇風機の季節は終わったんだぞ」

これでは、もう必要がないのに、扇風機を回してしまい、むしろ寒い思いをしてしまうようなものではないか。いちいち回るコンピュータのファンは、当然、CPUをはじめとする内部の機器の発熱を抑えるという意味があるのはわかるが、どうしてやつらは「季節」のことまで頭が回らないのだ。

ほかにも冬に必要なものとしてガスファンヒーターがあるが、あれが夏まで出ているのを思い出したときの、あの、なんとも暑苦しい気分はどうしたものかと思うのだ。しまえばいいんだ。しまうぐらいいわけのないことだが、人はついつい、片づけるのを忘れる。すると、かなり中途半端《はんぱ》な時期が来てしまうことはあって、そこで人は悩むのだった。もちろん、春になって気候がおだやかになるころ、もうファンヒーターは必要がないなと思うものの、そんなときに限ってやけに冷える日があり、しまわなくてよかったと人は安堵《あんど》する。ところが、五月ぐらいになって、ふとしたきっかけで、

「おや」と思うのである。

「部屋の片隅になにやら違和感のある物体が存在する」

ファンヒーターである。ゴールデンウイークが過ぎたころになってこれはなにかおかしいと思いつつ、だが人は「梅雨寒」のことを思い出したりするからやっかいだ。六月の長い雨の日々のなかには急に気温が下がる日があって、たしかに湿度の高いじめじめした日が続くとはいえ、「梅雨寒」のせいで風邪を引いてはたまらない。もう少し出しておいても大丈夫かなという気分にさせるからいよいよことは複雑である。

そうしているうちに夏である。

七月や八月にガスファンヒーターがあるのはどうしたっておかしい。しまわなくてはな、片づけなくてはと思うが、夏は暑くてそんな気分にならないから問題だ。そも

そも、ファンヒーターを夏にしまうという行為が人をいやな気分にさせる。暑いんだ。そんな暑い日にファンヒーターを片づける者の気持ちになってみるがいい。こんなにいやなものはない。

そうこうするうち、カレンダーは九月になってしまうのだ。そこで微妙な気分になる。

もう秋になるのではないか。

ここで物置か収納に片づけたら、十月の末くらいになってまたガスファンヒーターが必要になるかもしれない。だったら、いましまってしまうとまた出してこなくてはいけないと考える。それは面倒だ。悩む。片づけるべきだろうか。それともこのまま出しておくべきだろうか。時期が微妙だな。もう九月なんだ。十月は目の前だ。悩んでいるうちにさらに時間は過ぎてゆく。

こうしてガスファンヒーターは一年中、部屋に出ているという、どうにも人をいやな気分にさせるおそろしい装置になる。最初からガスファンヒーターなんかなければよかったんだ。なければこんなことで悩むこともなく、片づけるとか、片づけないとか、そんなつまらないことで人の生の大事な時間を無駄にすることはなかった。だが、十月なんだなあ。十月、人はガスファンヒーターの処遇をめぐってひどく苦悩するというのがよく知られた人間の日常の風景である。

PowerBook もそうだ。たしかにファンをわざわざ夏の暑い時期に出しているつもりはないし、元々、内部にあるものだから片づけるというわけにはいかないのだがどんな季節でも回るのがやっかいだ。しょせんはファンじゃないか。扇風機と同じようなものだ。なにか音をたててファンが回る。こんな時期になってまで、いったいなにをしようというのだ。部屋に出しっぱなしになっていたら、なんだか不愉快な気分になるが、ファンはファンだけに、どう考えたらいいかひどく悩む。そしていま私は、あってもなくてもべつに困らないようなものに苦悩している。

「うちわ」である。

そもそも、「うちわ」はあまり積極的な意志をもって手に入れるような代物《しろもの》ではない。もちろんかつてはちがった。扇風機もなかった。もちろんエアコンだってない。せいぜいうちわを扇《あお》いで風を招くというのがこの国の風情《ふぜい》というものだ。だがいまはちがう。町を歩いていると、「どうぞ、お使いください」とばかりになにかのPRのつもりか渡されてしまうことがある。そのデザインがさらに、私を困惑させる。たいていはなにかのPRの文字だ。デザインのセンスなどかけらもない。けばけばしい色の大きな文字だ。

「カラオケ歌い放題」
そんなうちわなど、私はほしくないのだ。だったら途中で捨てればいいようなものだが、つい家に持ち帰ってしまう。さらにおそるべきことに、家に帰る道々、そのうちわを扇いでいるからいよいよことは複雑だ。捨てればいいんだ。だけど、捨てるのにはどこか抵抗感があるのは、もったいないという気分が発生するからだろう。まあ、いってみればエコロジーの精神である。

家に何種類ものうちわがある。
しかも私の家は鰻屋《うなぎ》ではないのだ。もし仮に鰻屋だったとしたら、蒲焼《かばや》きにするとき重宝するかもしれないが、あまり役に立たない。夏だったら扇風機がある。扇風機ばかりかエアコンだってある。しょうがないから七輪でも買ってきてサンマを焼こうかとすら考えたが、それはなんというか、本末転倒ではないだろうか。また季節が変わる。誰もうちわのことなど忘れてしまったころ、家のすみに、それはなにげなく放ってあるのだ。

しかたなく私は、そんなことをしても意味がないと思いつつ、PowerBookをうちわで扇いでみた。「そんなことをしても意味がない」と書いたとおり、それはほんとうに意味がなかった。いまも日本中の「うちわ工場」では来年の夏に備え、うちわの生産に精をだしているのだろうな。またもらってしまうのだろうか。道で手渡されるのだろうか。それが私にとっての憂鬱な夏である。

前向きに生きる

どれだけ多くの者が、なんらかのトラブルでコンピュータのデータを失い、茫然《ぼうぜん》自失の状態になったかという悲しい歴史について、いま私はつくづく考えている。グラフィックデザイナーでもいい。大きな仕事を任され、膨大な量の素材を作ったはいいが、そのデータが消えてしまったとすればどうだろう。あるいは映像作家もそうだ。デジタルカメラで撮影した映像をコンピュータに取り込むにはとても手間がかかると思うが、素材を編集している途中、取り込んだデータそのものがすべて消えたらどうだ。あの「データ取り込み」をあらためて実行することを考えたら、頭がおかしくなってもあながち大袈裟《おおげさ》な話ではない。

悲劇の歴史は長い。最近のワープロソフトや、私などがずっと使っているエディタソフトは、何分かおきに書いた部分までデータをセーブする機能が最近はあたりまえになったが、かつてはそんなものはなかった。突然、停電などあったらどうだ。書いたものがすべて消えてしまう。停電もいまではあまり聞かないし、データの自動セーブもあたりまえになったがトラブルはいまでも様々な形で存在する。

「猿が電源コードをわざわざ抜きにくる」

まだ猿だったら許せる。

「父親が電源コードをわざわざ抜きにくる」

意味がわからなくてたしかに腹立たしいが、さらに腹立たしいのは次のようなものだ。

「近所のおやじが、わざわざやってきて、よお、とかなんとか言いながら、わざわざ電源コードを抜く」

ありえない話ではない。ある人たちにとっては電源コードは抜きたくなるものなのだ。

「省エネだな。エコロジーの時代だからな」

油断もすきもあったものではない。

だが、こうしたトラブルをいまさら書き立ててもいまでは単に凡庸なだけである。いま有効なのは、そうしたあらゆるトラブルからいかにして立ち直るかという前向きな考え方の提案だ。人は立ち直ることのできる生き物だ。逆に言えば、「落ち込む生き物」であり、「絶望する生き物」なのだが、だからこそ、必要なのは「立ち直り」

だ。

それは一カ月前のことだった。

ある書籍の原稿を書くため、私は都内のホテルに、俗にいうところの「缶詰」にされた。ホテルは静かである。部屋も快適だった。まず、本の「まえがき」を書いて送った。相手の編集者にそれが意外にも好評で、いい調子で原稿を書いていたのだ。だが、その二日後である。ホテルに持ち込んで原稿を書くのに使っていたPowerBookの調子がどうも変だ。すでに前兆は以前からあったが、まあ、この原稿を書くあいだぐらいは大丈夫だとたかをくくっていたのだ。

ハードディスクが妙な音を立てる。どうもおかしい。これまで調子が悪かったのもハードディスクだ。たしかに似たような異音はあった。だが、その異音がただごとならない大きさになっていたのだ。私はここまで、ある程度の原稿を書いていた。かなり調子よく原稿を書いていた。ハードディスクには保存されているはずだが、べつのメディアにはバックアップをとっていない。いやな予感が意識をよぎる。ほかにも、様々なデータがあったのではないだろうか。デジカメで撮影した画像が大量に保存されている。いま書いている原稿だけではなくほかの原稿もあった。メールもほぼこれで受け取っていた。ことによると全部、消失してしまうのではないだろうか。ハードディスクがクラッシュする話は聞いていたがまさか自分にもその非常事態が襲ってくるとは思ってもいなかった。そして、とうとうやってきた。

ハードディスクがまったく認識されない。

いや、ここで、たじろいではだめだ。前向きに行けばいいのだ。

「過去なんて、そんなもの、ふっ、あってもなくても、俺にゃあ関係ない話さ」

たしかにそうかもしれないが、原稿を待っている編集者にしてみれば、「過去があってもなくても関係ない」わけではないのだった。わざわざホテルまでとってくれた。都心にあるいいホテルだ。机の下からLANケーブルが出ていて、いつでも光回線とつなぐことができる。インターネットを閲覧できたり、メールだってストレスなく受信できる。サービスいたれりつくせりだ。編集者にしてみれば、そんな、「過去なんか関係ない人」と仕事していったいどういう気分になるだろう。

「トラブルが発生しました」と私は電話で編集者に電話した。

「火事ですか？」いきなり編集者は言った。

「火事だったらまだいいと思います」

「十二指腸潰瘍《じゅうにしちょうかいよう》ですか」

また唐突なところに話が飛んでしまった。トラブルという言葉に気が動転してしまったのかもしれない。ことの次第を説明したが編集者は、なにか大変なことになっているというのはわかったようだが、事態の詳細までは理解できていないようだった。だが、私はここで後ろ向きなことを考えても仕方がないと思ったのだ。これまで多くの人が書いてきたコンピュータの恐怖と同じ種類の話になってしまう。私はきっぱり言った。

「これまで書いたものはすべてまちがいでした」

「かなり進んでいたんですね」

「ええ、かなり書いたけれど、ぜんぶだめです。書いてほしいと言われていたのは演劇を中学生ぐらいの年齢の人に向けて教えるという内容でしたが、いま書いていたのは、たしかに中学生ぐらいの年齢の子どもたちに向けたものでしたが、いくら痒《かゆ》くても背中のある部分は手が届かなくて、もどかしい思いをするが、あれをどうするかについてという、まったくまちがった内容の文章だったのです」

だが、そのことに驚くこともなく編集者は質問を返したのだった。

「どうやって背中をかくんですか」

そこまでは考えていなかった。というのもこれは、「前向きに考える」とか、「絶望から自らを救い出す」ためのでたらめだからだ。仕方なしに私は言った。

「がまんするしかありません」

編集者は沈黙する。きまずい間ができた。やがて編集者は、PowerBook が現時点ではもう使えないことを心配し、「これからどうしましょうか」というので、「新しいPowerBook が出たんです。CPUのクロックもあがったし、液晶の解像度もあがっているんです」と、当然のことを答えたが、考えてみればだからといってそこまで書いた原稿は戻ってこない。だが私は「前向き」である。編集者を安心させようとさらに言ったのだ。

「書いたところまでの原稿は消えてしまいましたが、ありがたいことに、書いていない部分もまだかなりあります」

それで事態の解決になるのか。むしろ、まだ単行本にするための原稿がほとんど進んでいないことを宣言しているだけではないか。

だが、絶望なんてまっぴらごめんだ。絶望するくらいなら、私は新宿の「王ろじ」というトンカツ屋で、トンカツ定食を食べたいのだ。それもまた、思っているだけならよかったが口に出してしまう。

「トンカツを食べに行ってきます」

「え、でも原稿は？」

「だって、原稿は大事だけど、王ろじのトンカツはうまいんですよ。こんど一度、ためしてください」

すると編集者は即座に答えた。

「はい」

データの損失などどうってことはない。常に前向きに進むのだ。それがデジタルとの正しいつきあい方だ。データは喪失するようにできている。だからこそ、いま、うまいものを食べたほうが前向きである。

紙袋に入れる

それはいつだっただろう。たしか九〇年代のはじめのころだ。あの「バンドブーム」と呼ばれた時代だったかもしれない。道を歩いているときだった。奇妙な光景を私は目撃したのだった。

「自転車に乗った男が、むきだしのエレキギターを片方の手に持ち、それを肩に背負うようにして走っている」

その大胆な態度にひどく感服した。ギターケースなどいらないのだ。ギターさえあれば音楽はできる。むきだしでなにが悪い。しかも、乗っているのは自転車だ。クルマに乗るほど金はないんだ。なくたってかまうものか。自転車でどこまでも移動だ。それこそがロックの魂なのかもしれない。だが、同じようにギターケースがなくても、少しまちがえると取り返しがつかないことになるのを私は知っている。それはどう考えてもロックの魂ではなかった。

やはり同じ時期だと記憶する。電車のなかで私は見たのだった。それは山手線だっただろうか。渋谷駅だったかもしれない。奇妙な男が電車に乗ってきた。「見るからにミュージシャンな人が、紙袋にギターを入れて電車に乗ってくる」なんという中途半端《はんぱ》さだ。ギターのボディは紙袋のなかにある。だが、ネックから上は外に出ているんだ。それは誰が見てもギターだ。いくら隠そうとしたってギターである。なぜそんな中途半端に紙袋で隠そうとしたかよくわからないじゃないか。いや、「隠す」つもりではなかったのかもしれない。残念なことにケースはなかったが、ギターはなにかに入れて運ぶものだという思いこみのほうが強かったのかもしれない。

その日、バンドの練習があるので、遅刻しないようにミュージシャンの人はあわてて家を出ようとしていたのだ。そこでふと気がつくのである。

「ギターケースがないよ」

すっかりそのことを忘れていた。どうしたらいいか男は狼狽《ろうばい》したのは、ギターはなにかで運ぶものだという思いこみがあったからだろう。だが、カバンに入れるにはギターはあきらかに大きかった。カバンにギターは入らない。だったら、毛布かなにかでぐるぐる巻きにして運ぶべきだろうか。いや、それはあきらかにおかしい。想像してもらいたい。なにかをぐるぐる巻きにした毛布を抱えて電車に乗る人間がいるのだ。

あきらかに不審者である。もう考えている時間はない。家を出なければならない。ミュージシャンの人はようやく、部屋の隅に、「あるもの」を発見する。そう、紙袋だ。そしてもちろんミュージシャンの人は当然のように行動した。

「紙袋にギターを入れる」

繰り返すようだが、こんなに中途半端なミュージシャンがいるだろうか。

そんな人間が電車に乗ってきたのである。まず私が注目したのは、もちろん「紙袋」だが、ここには、「むきだしでギターを持つ男」にあった、あの潔《いさぎよ》さがない。たしかにギターケースがなかったかもしれないさ。だからといって音楽をやってはいけない理由はないいじゃないか。ケースが買えなくたって音楽ができればいいじゃないか。それを、よりにもよって、「紙袋」とはなにごとだ。「むきだし」がそんなにいやだったのか。

そんな人間だから、電車に乗ろうなどと考えるのである。

ロックをやろうと思うなら自転車に乗ったらどうだ。どんなに遠くたって自転車に乗るべきだ。だが、人とは不可解なもので、クルマにだけ金をつぎこむという人間もいて、六畳一間に住んでいながら、そのアパートの駐車場にベンツを停めている者もいる。それはそれで自由だが、思うに、次のような者はきっとだめだろう。

「紙袋にギターを入れて、ベンツで移動する」

わけがわからないんだ。そのことの意味がわからない。だが、少し変化を加えるだけでその姿がまったく異なるのも不思議である。

「むきだしのギターを助手席に乗せて、ベンツで移動する」

これはたしかにミュージシャンである。

すると、ここで問題になっているのは「自転車で移動するか、電車か」という選択ではないことだ。「紙袋」がいけない。私はかつて、「紙袋を手にすると威厳がなくなる」という話をべつの場所に書いたことがあるが、つまり、「紙袋」こそが諸悪の根源だということになる。手にしていると、どんなに立派な紳士だろうと、その威厳を損なうのが「紙袋」だが、いままた、あきらかになったのは、「紙袋」になにを入れるかである。

「PowerBook を紙袋に入れて、アップルストア銀座に行く」

べつにそれを私はとがめはしない。けっしてその自由を奪うつもりはないが、だが、それはなにかまずいのではないかと思う。しかし、これもよくよく考えると、どこに行くかという場所はさして問題ではないことを人は知るだろう。

「PowerBook を紙袋に入れて、ららぽーと船橋に行く」

それはそれで、どうかと思うがいかがだろうか。例が極端すぎるというのであれば、次のように表現してもいい。

「PowerBook を紙袋に入れて、下永さんの家に行く」

いや、下永さんがどんな人か私は知らないが、下永さんだって、「PowerBook を紙袋に入れて」来るような客は迷惑だろう。それにしてもいったい、その「下永さん」というのはどこのどいつだ。PowerBook を紙袋に入れて来たくらいでそんなに憤慨することはないじゃないか。下永、もっと寛容になれよ。まあ、それはいい。さらに、「ららぽーと船橋」は、「PowerBook を紙袋に入れて」来るような客をひどく警戒することも容易に想像できる。たしかに怪しい。ましてこれが、成田でも、羽田でもいいが、身体検査する例のあの場所に、「PowerBookを紙袋に入れて」やってくる者がいたら、それはもう、不審者でしかない。だが、「紙袋」の話はもうどうでもいいんだ。

いつまでも「紙袋」にかまっていられるものか。

そんな時代ではない。「紙袋の時代は終わった」とすら私は思う。ではいったい私はなにを書こうとしているのか。つまり、「PowerBook」はなにに入れるべきかだ。おそらく、「PowerBook」には「PowerBook」にふさわしい入れものがある。いわば、ちょっとしたファッションの話になるのかもしれないが、しばしば人はまちがうもので、つい、よくわからない「入れもの」に、「PowerBook」を入れて平気でいられるのだ。話を最初に戻して考えてみたい。

「自転車に乗った男が、むきだしのPowerBookを片方の手に持ち、それを肩に背負うようにして走っていた」

それはそれで、スタイリッシュというやつなのではないだろうか。やはり潔いのである。へたなものに入れるから失敗するが、ただ無造作に運んだとき出現する、スタイルのよさだ。だが、そこにちょっとした工夫を加えたくなるのが人の悲しいところで、なにもしなければいいものを、つい失敗してしまう。

「自転車に乗った男が、むきだしのPowerBookをお盆にのせて、片方の手でそれを支え、うまくバランスをとりながら走っていた」

それはそば屋の出前である。ネットのアップルストアで買い物をすると、きまって商品を運んでくれる福山通運が、そんなふうに、PowerBookを運んでいる姿など私は一度も見たことがない。だが、人はやってしまうのだ。うっかりするとそうしてしまう。お盆だったらまだいい。

「自転車に乗った男が、むきだしのPowerBookを入れた樽《たる》を頭の上にのせ、片手でそれを支え、ふらふらしながら走っていた」
それはとても危険である。

行ってしまった

銀座はさすがに銀座である。

もちろん、ここに書くのは東京都の中央区にある銀座のことであって、東京とはいえ、品川区にある「戸越《とごし》銀座」とか、「上板橋南口銀座商店街」、あるいは、「北浦和西口銀座商店街」、群馬県にあるという「リバーロード銀座商店街」など、日本の各地にある「銀座」という名前のついた商店街のことではないのだ。まして、「CRナンタNS」「CRくるんくるん2」といった不思議な名前のついたパチンコ機種を製造している「銀座」というメーカーではない。なにしろ「銀座」が製造しているパチンコ機種には次のようなものがあるのだ。

「CRけろけろけろっぴNH」

そんなことはどうでもいい。

銀座はあくまでも、銀座だ。例のあの銀座のことである。

その日、銀座にある松屋デパートの裏手の駐車場に私はクルマを止めた。時計を見るとまだ約束の時間には三十分ほどある。仕方がないので喫茶店に入ると、さすがに銀座だ。コーヒーが八百円だ。この喫茶店でバイトする人の時給はいくらなのか私は気になった。いくら銀座とはいえバイト代がさほど高いとは思えない。時給を仮に八百円だとしよう。バイトの店員から見れば、この店でコーヒーを飲むというのは、時給を飲むのと同じだ。いま、そこで、自分の時給と同じ金額のコーヒーを飲んでいる者がいる。この不条理をバイトの人はどう受け止めればいいのだ。

「あいつ、時給を飲んでやがる」

バイトの人はそう感じていないだろうか。そんなことを考えていると、ひどく恐ろしいものを注文してしまった気がし、うかうかコーヒーも飲んでいられない。銀座は恐ろしいよ。落ち着いてコーヒーも飲めないのだ。

そろそろ時間だ。

レジで支払いをすませたが、そのとき店員と目を合わせられなかった。私からコーヒーの料金を受け取りながら店の人は、「時給が、時給が」とつぶやいているのではないか。逃げるように店をあとにし、私は銀座の町へ出て行った。しばらく歩くと、目の前に、ほかとは少し異なるデザインの建物が出現した。

アップルストア銀座である。

とうとう来てしまった。来てしまったのだなあ。べつに来たくて来たわけではないのだ。来なければならない状況に追い込まれたのである。この連載が一冊の本にまとまり、『レンダリングタワー』として刊行されるにあたり、それを記念するイヴェントを、本誌編集長の高橋さんが企画してくれたのである。そのイヴェントがここ、アップルストアで行われる。とても楽しみにしていたが、なにもそれを、アップルストアで行うことはないじゃないか。夢は往々にして、現実の前で負ける。だから実際にそれを見たいとは思わなかった。アップルストアについて私は、様々な夢を描いていた。そこはバラ色の世界だ。店に一歩足を踏み入れると、女性店員たちが、「お帰りなさいませご主人様」と言ってくれるのではないかって、それは、メイドカフェだが、そこまでじゃなくてもなにかあるのを期待しないほうがおかしい。だって、ここは銀座なんだ。秋葉原とは大違いだ。

話は少しそれるが、日本におけるアップルストアが銀座に作られたのは、ある意味、きわめて正しい選択だった。アップルはほかのコンピュータ会社とはちがう。そのブランドイメージはけっして秋葉原ではない。先日、私が驚いたのは、秋葉原に行ったとき、メイドカフェのメイドが堂々と通りで店の宣伝をするビラを配っていたことだ。メイドのくせにビラを配るとはなにごとだ。ほかにやることがいくらでもあるだろう。

かつての武富士のCMを思い出して見ろ。「私、踊る人。私、ティッシュ配る人」と、役割がはっきり決まっていた。メイドはぜったいにビラを配る人ではない。なぜなら、メイドだからだ。どこの世界にビラを配るメイドがいるというのだ。だいたい、かつて秋葉原でメイドカフェはひっそり存在していた。なにかうしろめたいことでもあるのか、表に出てくることなどなかった。だが、いまでは「堂々」だ。堂々と、表通りでビラを配っている。いったい秋葉原になにが起こったというのだ。もう何年か前のことだった。あるコンピュータ関連のパーツ屋に入ると、そこは建物の二階にあったが、どうやら三階には、いわゆる「萌《も》え系エロゲーム」を売る店があったらしい。三階から下に行くにはどうしてもパーツ屋を通らなければならない構造の建物だった。三階から男たちが降りてくる。うつむきかげんだ。やはりうしろめたそうにしていた。こそこそしていた。そういう時代がかつてあった。それがどうだ。いまや、そんな連中も堂々としているのだ。エロゲームの店だって人目のつくところで臆面《おくめん》もなく営業している。あげくの果てにメイドはビラを配るのだ。

そんな町とアップルとはあきらかに種類がちがう。秋葉原がいくらコンピュータの町でもアップルはそこに出店しなかった。銀座だ。コーヒーは八百円だ。

そして私はアップルストアに足を踏み入れた。一階はアップルの新製品が並ぶ。きれいなレイアウトだ。ぎっしり商品を積み上げるような店とはおおちがいだ。ドン・キホーテとはまるでちがう。もったいないくらいの贅沢《ぜいたく》な空間の使い方である。さらに驚かされるのがエレベーターである。

「ボタンがないよ」

誰かが言った。たしかにエレベーターだったらあってもよさそうな、エレベーターを呼ぶボタンもなければ、中に入っていくら探しても階数を指定するボタンがない。そう書いただけで理解してもらえるかわからないが、まあ、要するになにもないエレベーターが機械的に上下しているのである。たまたま来たエレベーターに乗ると、とにかく、各階止まりだ。たしかにアップルストア銀座は五階建てなのでそれほど困らないだろうし、なによりその洗練されたデザインが素晴らしい。

イヴェントが催される会場に着いて高橋編集長と会い、軽く打ち合わせをしたが、そんなことだろうと思ったがアップルストアにはどこにも喫煙スペースはなかった。仕方がないので高橋編集長と私は、いったん外に出て歩道に置かれた灰皿のそばに立って煙草《たばこ》を吸った。煙草を吸いながら私は、たしかその日の日刊スポーツのサイトで読んだ、ある記事をなにげなく思い出していた。映画に関する芸能ニュースだ。

「奥田瑛二《えいじ》監督の映画『るにん』が東京・新宿のシネマスクエアとうきゅうで初日を迎えた。舞台あいさつした奥田監督は『撮影から2年たっての公開で本当にうれしい』と涙した」

しばしば「涙した」という表現がこうした記事には使われるが、「涙した」だけではなにもわからない。号泣したのだろうか。表情は崩さず、しかし、涙が頬を流れたのだろうか。「涙した」は「涙をした」だとしたらいよいよわからないことになっていて、なにをしたのかよくわからない。そんなことを考えているうち、煙草を吸っている私たちのすぐ前の車道に、す―っと一台の黒いクルマが近寄ってきた。アップルストアの前で止まる。黒塗りである。高級車である。どんな怖いお兄さんがクルマから出てくるのか私は身構えてドアが開くのを待った。

男が出てきた。奥田瑛二である。映画監督でもある奥田瑛二だ。しかも、「涙した男」である。足早に「涙した男」はアップルストアに入ってゆく。アップルストアは恐ろしい。涙した男までがやってくるのだ。いったい涙した男はなにを求めて来たのだろう。そのあとをついて回りたくなったが、また涙されても困るのでやめることにした。

なぜなら、そこはアップルストア銀座だからだ。（この項つづく、かもしれない）

手に入れる

人がものを手に入れるときの決断とはどういったものだろう。たしかに、あり余るほど金がある人間なら、少し高価なものでも簡単に、「買う」という方法で手に入れることができるし、「これ、いいなあ、じゃあ買おう」と、腹立たしい気持ちを人に生じさせるような決断で、手に入れているにちがいない。だが、そうでもない者において、「手に入れる」は様々な意志を試される行為である。

前回のこの連載に書いた、「アップルストア銀座」に私がそれまで足を運ばなかったのは、つい欲しくなってしまうからだ。そういうものを、よく「物欲」などと人は言葉にするが、そんなに単純なものではない。ものを「手に入れる」には、様々な姿がある。それはひどく恐ろしい姿をしている。

「欲しいものがあったら、借金してでも、手に入れる」

こんなに恐ろしいことがあるだろうか。借金が恐ろしい。怖くてたまらない。「借金」のなにが怖いって、ほんとうに返せるのか先のことがわからないからだ。人は予知能力のようなものを持っているのだろうか。

「私は返せる」

その自信はどこから来るのだ。

しかし、テレビを見ていると、消費者金融のCMがしばしば流されている。あれだけ宣伝しているところをみると、人はどうやら借りているらしい。しかも、かなり借りているのではないか。そうでなかったらあんなにCMが流れるわけがない。

なんて、自信家たちばかりなんだ。

わからないじゃないか。先のことなんかわからない。私は先のことなんか考えたこともないが、それというのも、先のことがわからないからだ。だが多くの人たちはちがう。

「私は返せる。きっと返せる。返せるにきまっている。いや、むしろ、もう返している」

よくわからないことを口にする。そして私には、どうして人々が、そう考えられるのか不思議でならないのだ。さらに、「返せなくたっていいさ。そのときはそのときさ」とまで考える人間がいるらしく、その勇気には感服するしかない。もしかしたら、

「まあ、返せないだろうけどさ、八割がた返せないけどさ、っていうか、返せないよ。

返せないにきまっているけどさあ、でも、ま、ここは借りるとするか」といった猛者《もさ》もいる。

だが、もっと恐ろしい、「手に入れる」があることを私は知っている。

「盗む」

泥棒である。

「欲しいものがある。だが、金はない。だったら盗む」

この単純さが恐ろしい。

だが、ここにはきっぱりした意志があるように思えて、「借金してでも手に入れる」よりなにか立派に見えるから不思議だ。なにしろ、「盗む」は、まっこうからなにかに刃向かっている気がするからだ。

「腹が減った。だから食べる」

これだけ書いてもなんのことかわからないかもしれないが、つまり、「腹が減った。だけど、食べ物を手に入れる金はない。そこで、隣の家に勝手に行って、すいません、いただきますと言って、冷蔵庫を開ける」といった意味である。こんなに人間の大きさを感じさせる行為があるだろうか。

秩序がない。法がない。

もう、そんなちまちましたことはどうでもいいのだ。欲しいものがあるんだ。欲しいものは、どんなことをしたって欲しい、だから手に入れるという、もう、だだっ子のような大胆さがここにはある。

そして私は、また、悩んでいる。「手に入れる」について途方にくれている。アップル社が、さらに新しい製品を発表したからだ。もちろん、インテルのCPUが入った新しいMacBook Proも気になるし、それは製品がさらに熟して買い時になったり、あるいは、いま使っているPowerBook G4が使えなくなったら迷わず手に入れたいと思うが、しかし、ここに、人を悩ましい気持ちにさせるきわめて魅力的な製品があるのだ。

ｉＰｏｄである。

最初に書いたような、「あり余るほど金がある人間」だったら、「ま、あってもなくても、どうでもいいけど、なんか、新しいものが出たから、買っておくかな」といった態度をとるかもしれないが、私はけっして、そのような者ではない。iPodは、最初に発表されたときから、たしかに気になる製品ではあった。むしろ、手にしている自分の姿を想像してなにか夢のような生活を思い描いてしまう魅力がある。

iPodがあったら、ひょっとするとなんでもできるのではないかと人を迷わせるのだ。

女にもてるんじゃないか。宝くじに当たるのではないだろうか。なにか大災害があっても、自分だけ助かるんじゃないのか。『資本論』を全巻通読できるんじゃないのか。急に頭がよくなるんじゃないのか。クイズ$ミリオネアに出て一千万円もらえるんじゃないのか。世界一周旅行に出かけられるんじゃないのか。それで、パリで美女に出会うんじゃないのか。フランス美人と結婚するんじゃないのか。子どもをもうけてそれがとてもかわいいハーフの子どもで、将来はモデルになって、自分を養ってくれるんじゃないのか。軽井沢にヨーロッパ風の家を建てて老後をのんびりそこで暮らすんじゃないのか。

そんなことまで想像させるのが、iPodだ。

そして、いま、iPodの新しい機種が出たばかりか、「iPod Hi-Fi」という、それだけ聞いてもなんのことを言っているのかまったくわからない新製品が発表されたのである。なにしろ、「Hi-Fi」である。カタカナで書いたら、「ハイファイ」になるのだろうか。なんにせよ、アップルのサイトで調べる限り、なにかいいことがあるらしいのだ。

「家中を、ステレオコンポではなく、音楽でいっぱいにする」

いきなり、言っていることがわからないが、とにかく魅力的らしい。

「ミュージックコレクションを、数え切れないほどのCDケースにではなく、手元に置いておく。デジタルミュージックの体験を一新させる」

さらにわからないが、きっと魅力的だ。

「42,800円のiPod Hi-Fiが、無駄のないコンパクトなデザインで、オーディオファンをうならせるクリアで高品質なサウンドをお届けします」

これでようやくわかった。どうやらスピーカーだ。しかも、「42,800円」である。だが、それがiPodとどう関係するのだろうか。驚くべきことに、その「iPod Hi-Fi」に、iPodを差し込むとそのまま音楽が流れるのである。そして、高音質だという。デザインもすぐれている。

これは欲しい。

だが、まずは、iPodだろう。それがないとなにもはじまらない。とはいえ、「iPod Hi-Fi」が欲しいから、iPodを買うとしたら、なにやら本末転倒である。だが、欲しい。けれど、iPodを買うかどうかは悩む。このわけのわからないジレンマはいったいなんだ。「iPod Hi-Fi」は欲しいが、iPodを買うのは躊躇《ちゅうちょ》するものの、しかし、iPodがなければ、「iPod Hi-Fi」の意味がない。繰り返すようだが私は、「あり余るほど金がある人間」ではないのだ。ここに、「ものを手に入れる」の、きわめて複雑な状況が発生している。これが資本主義なのだな。「金を借りる」なんて、そんな恐ろしいことができるものか。まして、「欲しいものは盗む」なんて、そんな革命のような大胆なことをする勇気もない。人の家に行って勝手に冷蔵庫は開けられないのだ。

ほんとうに、iPod は、悩ましい存在である。

行列

つい先日、なにかが売り出されたので、店頭に行列ができたという話を知人から聞いた。なにが売り出されたのかわからない。ゲーム機だったような気がするものの、そんなことより、話を聞いて行列をしている人の姿だけが浮かぶ。みんな整然と並んでいるのだろうが、しかし、どういう気持ちで並んでいるか、なにがそうした情熱をかりたてるかまったく理解できないのだ。

そして、その姿を想像しつつ私が考えていたのは、いったい行列は、何人以上の人が並ぶと、「行列」になるかである。

辞書で「行列」を引くと、「多くの人が、順序よく並ぶこと。また、その列」となっていて、具体的な数字は示されていない。「多くの人」である。「多く」とあるくらいだから、三人ぐらいでは「行列」と認められないだろう。なにか基準がなければ、「駅前のパン屋さんに行列ができている」さまを誰かが見て、家族にそれを話そうと思っても、うまく会話が弾まないのではないかと心配になるのだ。学校から帰ってきた高校生の娘が、「駅前に、新しくできたパン屋さんあるでしょ。すごいよ、行列ができてる」と母親に話すのである。すると、母親はにこりともせず、きっぱり聞き返すのだ。

「何人？」

高校生の娘にとって、これはかなり意外な言葉だった。ただ娘は、新しいパン屋がにぎわっていることを報告し、それを聞いた母親が驚くのを期待していたのではないだろうか。だが、母親にとって問題なのは、「その行列が何人か」である。たしかに、「行列ができてる」は曖昧《あいまい》な言葉だ。母親はそもそも厳格な人で、曖昧なことが大嫌いなのかもしれない。だから、「行列」という言葉にも神経質だ。しばしば、その言葉を耳にするが、そんなふうに漠然と言われてもなにか釈然としない。はっきりしてほしいと母親はつねに考えていた。だから聞き返した。

「何人？」

しかし、この母親の反応を娘が意外だと思うのはまちがっている。なぜなら、それはほんとうに行列なのかどうか、問題は人数にあると考えるほうが正しいからで、「何人？」と聞き返す母親の態度は、どこにもあやまりはない。

「何人なの？　いったい、その行列って、何人が並んでるの？　行列なんでしょ、だったら、大勢が並んでるんでしょうけど、はっきりその数字を示してくれないと、ほんとに行列なのかどうか、わからないじゃない」

そして、さらに事態を複雑にするのは、ことによったら高校生の娘が次のように答えるかもしれないからだ。

「七人」

そんなにはっきりしていたのか。はっきりしているのはいいことだが、はっきりすればするほど、ことは複雑になる。それというのも、はたして「七人」は、「行列」なのかどうかわからないからだ。母親も判断ができない。「七人かあ、七人となるとなあ」と考えこみ、そして娘は、「七人もいれば、じゅうぶん行列じゃない」とくってかかる。母親は考えこむ。娘は沈黙する。母と娘の会話は、まったく弾まない。

ここに、行列の病がある。

べつの言葉で表現すれば曖昧さの病だ。はっきりしない。つまり、行列とは、曖昧さと同意語といってもよく、だから、よく言われるような「行列のできるラーメン屋」とは、べつの言い方をすれば次のようなものになる。

「曖昧になっているラーメン屋」

そんなラーメン屋が美味《おい》しいのだろうか。なにしろ、「曖昧になっているラーメン屋」で注文して出てくるのは、「曖昧なラーメン」だ。うまいのか。そんなものを食べてほんとに満足できるのだろうか。食べた人間もまた、曖昧になる。曖昧なまま、満腹になる。

Ｍａｃをはじめ、コンピュータの世界でも、新しいＯＳが発売される当日など、販売店に行列ができる出来事がよく話題になるが、こうしたとき、人はしばしば、その数をうまく伝えようと努力する。それは涙ぐましいほどの努力である。

「店の入り口から、ビルをぐるっと一周して、さらに、その先まで列が伸びています」

たしかにそれは行列である。なにしろ、ビルをぐるっと一周している。だが、少し考えればその表現にも疑問がないわけではない。ここで使われた「ビルを一周」は、よく広さを表現するのに使われる、「東京ドーム十個分の広さ」というあれに似ている。「東京ドーム十個分の広さ」も、よくよく考えればよくわからないが、まあ、なんとなく東京ドームはわからないではない。だが、「ビルを一周」と言った場合、ビルの大きさがまったくわからないのだ。どんな大きさのビルなのか。いったいどんな一周なのか。

「二メートル四方のビル」

ぐるっと一周しても、たかだか、二×四で八メートルだ。たった八メートルの行列を、「行列」と呼ぶべきだろうか。しかも、ここではどう並んでいるのかがさらに疑問になり、余裕をとって並ぶか、ぎっちり並んでいるかで大きくその行列の人数は異なる。余裕で並んだとしたら、「二メートル四方のビルをぐるっと一周」しても、せいぜい八人だ。細かい計算をしている時間がないので、大雑把に考えればあきらかに八人である。では、ぎっちりはどうか。どういう理由があるかわからないが、「二メートル四方のビル」の周囲を、ぎっちり並んで一周している人々がいる。前の人にからだをくっつけ、ぎゅうぎゅうになっているのだ。「八人の行列」もどうかと思うが、それとはまったく種類の異なる者らが存在したのである。

「二メートル四方のビルをぐるっと一周して、ぎゅうぎゅうになって並んでいる人たち」

いったい、なんだそれは。

だから、行列を見てそれをどう表現したらいいかはむつかしい。しかし、外側から見ているだけだったらいい。行列を見てそれを表現しようとするだけならまだましだ。もっといやなのは、「行列」に組み込まれていることだ。人はうっかりすると、行列してしまうのである。自分では行列だとは思っていないが、気がついたら、そうなっていることもしばしばある。あれほどいやなものがあるだろうか。

Mac OSの新しいヴァージョンはいつ発売されるのだろう。おそらくまた、アップルストア銀座あたりに行列ができてしまうのではないかと私は想像する。

あれがよくわからない。行列をするのが好きな人たちなのだろうか。行列マニアがいるのかもしれない。そうして並んでまで買う気はないので、私はたいてい、発売されてからしばらくして買いにゆくか、ネットで買うことにしている。だが、発売から何日かして販売店に行ったとしよう。パッケージを手にレジに向かった。たまたま、レジには先客がいた。なにか面倒なことになっているのか支払いに時間がかかっている。そのときだ。ふと振り返ると、私のうしろに、人がずらっと並んでいるのである。

行列だ。

気がつかないうちに、私は行列してしまったのである。では、ネット上のアップルストアで買えば問題がないかと人は考えるが、そうとも限らない。アップルストアに接続しようとした。ほんの少しだが、ストアを読みこむのに時間がかかった。

それもまた、まぎれもない行列である。

なにしろ、待っているのだ。日本のアップルストアのサイトだとしても、相手は全国である。ものすごい数だ。ものすごい行列だ。私はそのとき、ネットというよくわからない世界で行列しているのである。気がつかないうちに人は行列をしてしまう。しかもそれは、曖昧な数なのだ。

ドン・キホーテ

これは以前もどこかに書いたことがあると思うが、たとえば、人はこういったものを書くときは鉛筆がいいとか、またべつの種類の文章を書くときはボールペン、スケジュール表には水性ペン、日記を書くときは万年筆というように、書く内容と筆記具を使い分けていないだろうか。

じつは私も、小説を書くときは、どういうわけかWindowsのエディタでないと調子が出ないのである。エッセイもその傾向が強いが、このところ、舞台の台本（演劇の世界では戯曲と呼ばれるそれ）は、PowerBookじゃないとどうも調子が出ない。以前はＩＢＭのThinkPadだったが、いまは、PowerBookだ。これはあきらかに、書く内容と筆記具の関係と同じである。そうじゃなければ調子が出ないので、ほかのコンピュータで書こうとするとまったく進まない。

コンピュータもまた筆記具だ。

もちろんグラフィックデザイナーという仕事の方や、映像関係の人は筆記具ではないかもしれないが、「書く」のを仕事にしている人間はおそらくみんな、そうしたことに神経質なはずである。もちろん、人はたいていメインで使うコンピュータは一台だろうから使い分けるということはないだろう。だが、いろいろ試しているうちに書くのにふさわしいコンピュータを発見する。

だから私は、以前から疑問に思っていることがひとつある。

「格闘技の記事を書く人の使うコンピュータはいったいなにか？」

これはあくまで想像だが、Macじゃないのではないか。なにしろ格闘技である。男祭りである。「男祭り」にMacはふさわしくないと思うのだ。

「風俗関係の記事を書く人の使うコンピュータはいったいなにか？」

これがMacだとしたら、私は思うに、「アップルストア銀座」も形なしである。あんなおしゃれなショップと「風俗関係」がどうも似合わないのだ。Macで書いても、風俗を利用する人の気持ちを引かないのではないか。PC自作機で書いてもらってこその風俗記事ではないだろうか。さらにいうなら、もっと微妙なことを書く場合はいったいどういったことになるかが気になる。

「おふくろの味、大特集」

いや、よくわからないが、雑誌などでそうした特集が組まれることがきっとある。

「おふくろの味」は微妙である。いったいどっちがいいかよくわからない。スポーツもそうだ。格闘技にMacはふさわしくないが、だったらあれはどうか。

「カーリング」

なかなかに、Mac的である。オリンピックに出た「チーム青森」の選手はみんな、おしゃれだった。格闘技とはまったくちがう。なにしろ「男祭り」ではなかった。汗くささがなかった。氷がどこかクールだった。競技自体がスマートである。だが、スポーツはスポーツだ。きわめて微妙である。

そして私は、この一カ月ほど、ずっと、PowerBookを使って仕事をしていた。

それというのも舞台の公演が間近に迫っているからだ。いまこれを書いているのは、二〇〇六年の五月の初頭だが、戯曲も書き終え、私はいま舞台の稽古《けいこ》をしている。新作の舞台のタイトルは、『モーターサイクル・ドン・キホーテ』だ。その戯曲はもちろんPowerBookで書いていた。

もちろんこの作品は、セルバンテスの書いた、『ドン・キホーテ』が基本にあるわけだが、舞台は横浜市鶴見《つるみ》区のとある小さなバイク屋だ。『ドン・キホーテ』を現代のこの国に置き換えたばかりか、ドン・キホーテが乗る馬、サンチョ・パンサのロバのかわりにバイク（＝モーターサイクル）を使っているのが作品の狙《ねら》いのひとつだ。

さらにいろいろな事情があるが、それを書くと長くなるのでひとまず省略させていただく。さて、バイクで二人旅をするといえば、よく知られているのが、ピーター・フォンダとデニス・ホッパーが出演した一九六九年の作品『イージー・ライダー』を思い出すが、この芝居を書くにあたって参考に『イージー・ライダー』を見ていたら、これはあきらかに、『ドン・キホーテ』だと思ったのである。さらに、『モーターサイクル・ドン・キホーテ』というタイトルを読んですぐにぴんと来た人もいると思うが、あきらかにこれは、チェ・ゲバラの青春時代を描いた映画、『モーターサイクル・ダイアリーズ』を意識している。というか、あきらかな真似《まね》である。じつは、あの映画でも、若き日のゲバラと、親友のアルベルトがバイクで南米を旅するその出発のとき、アルベルトが高らかに宣言するのである。

「俺たちは、ドン・キホーテだ」

ここでひとつの発見があった。それはごく単純なことだ。

「男の二人旅は、みんな、ドン・キホーテになりがちだ」

だからといって、十返舎一九の「弥次喜多道中《やじきたどうちゅう》」は、ドン・キホーテじゃないと思う。なぜなら、弥次喜多は歩いているからである。歩いてはだめだ。なにか乗り物を使ってこその『ドン・キホーテ』である。そして、乗り物を使って男が二人して旅をすると、その者たちが自分たちの旅を、『ドン・キホーテ』になぞらえるところが恐ろしいところだ。人は愚かである。なぞらえたからといって、なにもいいことはないが、ついそう考えるので、たとえばいまだったら風力発電のあの羽根を化け物だと思って襲いかかるおそれがある。原作を読んでもらえればわかるが、ドン・キホーテは次々とばかなことをする。たとえ男の二人旅だといってもなぞらえてはいけない。とんでもないことになる。

さらに私が恐れているのは、『モーターサイクル・ドン・キホーテ』というタイトルを聞いて大型量販店の、あの「ドン・キホーテ」だと思ってしまう者がいたらどうするかだ。

それはいったい、どんな劇だ。

劇中で人はみんな、「ドンキ」と口にするのである。舞台上には異常な量の商品が棚にあるのだ。大型量販店「ドン・キホーテ」はヤンキーと呼ばれる方々に愛されている。登場人物の大半はヤンキーと呼ばれる方々だ。あるいは「ドンキ」の店員なのだろう。商品はヒョウ柄のカーペットだ。これでもかという悪趣味だ。だが、値段は安い。わけのわからないものが舞台に大量に並ぶ。そしてそこではどんなドラマが展開するのだろうか。

「ヤンキーと呼ばれる若者たちの、いまを必死に生きる青春群像」「この愛がある。別れがある。喧嘩《けんか》がある。ドンキをめぐっての縄張り争いがある。「このフロアのここからここは、俺たちのシマだ」とよくわからない争いがあるだろう。そして、対立するグループの、それぞれに属する男女が恋に落ちるのである。許されない恋であった。『ウエストサイド・ストーリー』かそれは。もっというなら、『ロミオとジュリエット』か。しかも舞台になるのが、「ドンキ」だ。みんな深夜にクルマで「ドンキ」に乗りつけ買い物に来る。買ってゆくのは安売りのティッシュペーパーや、わけのわからないファンシーグッズだ。ティッシュペーパーの箱を手にしたロミオとジュリエットとおぼしき若者が恋を語る。なにをどんなふうに語ればいいというのだ。

そんな劇をMacで書けるだろうか。

そこにはどこか、「男祭り」に通じるものがある。PowerBookで書けるものか。ではいったい、なにで書けばいいのだろう。それはあきらかである。

「ドンキで買った筆記具」だ。

いったいどんな種類の筆記具か。ひとつわかっているのは趣味が悪いことだ。かなり悪い。ヒョウ柄のペンかもしれない。

Web標準

最近になって私は、「Web標準」という言葉を知ったのである。ネット上のいわゆるホームページ、あるいはサイトというやつを作るに際して、誰がそう決めたか知らないが、これがもっとも、標準的な作り方ですよということらしい。

そこで私も自分がずっと書きつづけている日記のページを「Web標準」というものにできるだけ近づけようと作ってみたのだ。

知っている人にはあたりまえのことだが、知らない人のために書くと、HTMLとスタイルシートというものによって構成され、サイトの見た目をHTMLに頼らず、すべてスタイルシートで書くというのが、「Web標準」の基本である。まあ、たしかに、ネットを閲覧するに際して、ユーザーの環境は様々で、もちろん、Macを使っている者もいれば、Windowsを使っている者もいるし、さらに、Macだったら、デフォルトでついてくる「Safari」、Windowsだったら「Internet Explorer」、あるいは、ほかにも、「Opera」だの、「Firefox」だのと、ブラウザもちがうので、誰でも同じように見えると思ってホームページを作ったら、ぜんぜん、ちがって見えることはよく知られている。だからこその、「Ｗｅｂ標準」なのだろう。たしかにそれはよくわかる。きっと正しいにちがいない。

だが、その「標準」って態度が気に入らないのだ。

いったい、誰が「標準」なんてものを決めやがったんだ。出てこいこのやろう。おまえらそんなに偉いのか。そうした「標準」に従い、それを推薦する人たちがしばしば口にするのが、次の言葉だ。

「Ｗ３Ｃ勧告」

その「Ｗ３Ｃ」ってやつの意味がわからないんだよ俺は。しかも、「勧告」しやがるんだ。元々、「Ｗ３Ｃ勧告」は、原文によれば、「A W3C Recommendation」のことらしい。すると、さらに疑問がわこうというものではないか。「Recommendation」を「勧告」と訳したのはどこのどいつだ。「推薦」でもよかったじゃないか。

「勧告」とはなにか。辞書によればこう書かれている。

①ある事をするように説きすすめること。

「辞職を―する」「―に従う」

②行政機関が参考として提出する意見。

私人に対する行政指導の一方法として、あるいは他の行政機関に対する参考意見として提示される。法的拘束力はないが事実上、ある程度の強制力をもつ。「人事院――」

なにか偉そうなのである。「推薦」だったらまだソフトな印象があるのに、「勧告」というやつのこの上から人を見るような態度はなんだ。だいたい、その「W3C」ってやつは何者だ。えらそうに勧告するやつが腹立たしい。だったら、こういうものがあってもいいじゃないか。

「吉野家勧告」

あの牛丼《ぎゅうどん》の吉野家が偉そうな態度に出るのである。それで勧告するだろう。

「牛丼標準」

すると、まちがった牛丼の食べ方をすると店員に冷ややかな目で見られるのである。

「まあ、その食べ方も、まちがっちゃいないよ。まちがっちゃいないけど、牛丼標準から言えば、それはちがうな」

そんな牛丼は食べたくないのだ。いったい「牛丼標準」とはなんだ。まず、どんぶりを置く位置からきちんとしていないと「標準」に反するにちがいない。

「手をぐーっと伸ばさないと食べられないような位置にどんぶりを置く」

それはたしかに食べづらい。だけど、どんぶりが遠くにあってもいいじゃないか。もしかしたら、もっと不思議な食べ方をしたい人だっているかもしれないじゃないか。

「どんぶりが足もとにないと、どうも、牛丼を食べた気がしない」

いいじゃないか。人から見たらそれはかなり奇妙だが、べつに人に見せるために牛丼を食べるわけではないのだ。足もとにどんぶりがあって、腰をかがめ、それで食べるとなんだかうまいと思う人がいてもおかしくないだろう。いいじゃないか。好きにさせてくれよ。

どんぶりを置く位置が標準なら、七味唐辛子のかけ方だって標準が存在するにちがいない。

「ひとふり半」

誰がそんなことを決めたんだ。だいたい、その「半」がわからない。「ひとふり」はわかりやすい。リズムにして、仮にそれを「トン」とする。すると、「ひとふり半」は「トント」である。だが、そのリズムだって人によって様々だし、その日の気分によっても変わる。だから、ある日、気分が乗っていて、こんなリズムで七味をかけたくなるときだってあるにちがいない。

「トントトットト、トントトットト、トントントントン、トン」

どんぶりはもう、七味唐辛子で真っ赤である。いいじゃないか。それがその日の気分だし、人の好みだ。だが、「牛丼標準」なのであり、それが、「吉野家勧告」だ。英語で書いたらこうなる。

「A Yoshinoya Recommendation」

英語で書くことの意味はほとんどない。いまそれを書いてつくづく、その無意味さにいやな気持ちにさせられたが、それというのも、「吉野家勧告」などないからだが、それもこれも、すべては、「W3C」のせいである。いったい、その偉そうな態度をとるおまえらは何者だ。

もちろん、「W3C」のことは調べればすぐにわかるというか、すでに調べているのでよく知っているが、べつにことさら書こうとは思わない。それというのも、いちいち書くのがばかばかしいからだ。それだったら私は、「WBC」のことが書きたいと思う。言わずと知れた「ワールド・ベースボール・クラシック」のことだ。「W3C」より、「WBC」だ。なぜなら、「W3C」はいちいち、「勧告」するが、「WBC」には、「ルール」はあっても「勧告」はないと思うからである。しかも、「W3C」はネットに関することだが、「WBC」は野球である。「WBC」はボールを投げたり打ったりするが、「Ｗ３Ｃ」はボールすら投げないのだ。「ＷＢＣ」にはイチローが出て活躍したが、「Ｗ３Ｃ」に誰がいるのか私は知らない。「ＷＢＣ」で日本が優勝したとき、選手が王監督を胴上げしたが、「Ｗ３Ｃ」が胴上げしていたら、なにがなんだかわからないのだ。こうして比べてみても、「ＷＢＣ」のほうがいいに決まっている。「Ｗ３Ｃ」なんてあんなもの、胴上げもしないで偉そうな態度をとるとは、まったくもって不愉快だ。

それにしても、「Ｗｅｂ標準」である。

たしかに、インターネットの世界は混沌《こんとん》としてはじまり、Ｗｅｂの作り方も、デザイナーをはじめ様々な人が自由にやりはじめた歴史がある。なにか一定の規則を作ろうというのはわからないでもないが、なぜか人は、「規則」を作って、ものごとを整理しがちだ。混沌とか、勝手気ままとか、自由とか、野放しが許せない。法を作りたいのだ。きちんとしておきたいのだ。

いったい、それは誰なんだ。

でもって、「Recommendation」を、「推薦」ではなく、「勧告」と訳したのは誰だ。やっぱり偉そうだ。もっとでたらめな翻訳でもよかったじゃないか。「Ｗ３Ｃおすすめ」じゃだめなのか。だったら、こうしてもいいじゃないか。

「W3C一押し」

なんのことだか、もうわからないのだ。いいじゃないか。わからなくたっていい。

「勧告」されるより、わからないほうがずっといい。

買ってしまった

ずっと悩んでいたことにようやく決着がついた。以前も「悩ましい商品」だと書いた、iPodをとうとう買ったのである。ここまでの道のりは長かった。iPodが発表された当時からもちろん気になっていた。人の気持ちを誘惑する商品だ。だが、私は逡《しゅん》巡《じゅん》した。欲しい気持ちはやまやまだが、私に躊躇《ちゅうちょ》させるものがiPodにはいくつもあり、ネット上にあるアップルストアの「ご注文確定ボタン」が、どうしても押せなかったのだ。

私はいったん悩みはじめると、とことん悩むタイプである。なんの理由があるかわからないが、直感で、それだと決まったらすぐに決まる。たとえば私は次のようなことにはかなり自信を持っている。

「ファミレスの注文は早い」

しかし、いくら自信を持ったところで、これほどつまらない決断力があるだろうか。声を大きくして言うほどのことではない。そのことに自信を持っている自分がいやになる。

「俺はなあ、言っておくがなあ、そりゃあ、なにかすっぱり決断する力はないけどな、だけど、ひとつだけ言わせてもらえるならばだ、ファミレスに大勢で入ったとき、一番に注文するのは、この俺なんだよ」

力説することの意味がわからない。だが、少し説明させてもらえるなら、ファミレスのメニューを長い時間をかけて見ている人の気持ちが正直なところわからない。いったいファミレスでなにを悩んでいるのだ。私はむしろ、メニューを見る前からファミレスでは、なにを食べるか決まっている。メニューを見る前からどころではない。ファミレスのドアの手前、まだ店に入ってもいないのに決まっていると言っても過言ではないし、さらに言うなら、ファミレスに行くと決まった時点でなにを注文するか決めているのだ。もっと正確なことを書くとすれば、いつかファミレスに行ってしまうのではないかとかなり前から予測し、すでにその時点で、注文を決めている。それは、一年も前かもしれない。一年後のファミレスに行く日のことを思い浮かべ、あれを食べるぞと考えている。だがそれは、一年間、じっくり考えて選択しているのではけっしてない。

「一年前から、ローストンカツを食べると決めている」

ファミレスとはそのようなものだ。

ただ、ファミレス（というのは、たとえば、「デニーズ」のような店だが）とアップルストアはちがう。考えてみてほしい、なにしろ、デニーズとアップルストアだ。かなり意味がちがう。デニーズでは、店に入るとウェイトレスの若い女が、「いらっしゃいませ、デニーズへようこそ」というだろうが、アップルストアはそんなことはけっして言わない。なにしろ、ネット上の店舗なので声が聞こえない。それでもかろうじて「いらっしゃいませ、デニーズへようこそ」に近いのは、サイトの右上あたりにある次の言葉だろう。

「いらっしゃいませ宮沢様」

こいつ、なぜ俺のことを知っているんだ。もしこれがデニーズだったら、そら恐ろしい状況である。

ドアを開ける。デニーズに入る。向こうから若い女がやってくる。そして言う。

「いらっしゃいませ、宮沢様。デニーズへようこそ。お煙草《たばこ》は、お吸いですね」

なにからなにまでこちらのことを把握している女がそこにいるのだ。そんな恐ろしいことがあるものか。そして、アップルストアでは声が聞こえない。ことによると、それはひどいダミ声なのかもしれない。がらがらの声で語りかけられる。

おまえは競艇場の予想屋か。そんなやつに、なにを相談すればいいのだ。この国が抱える様々な社会的な問題について相談してもいいのだろうか。しかし相談に対応する声もダミ声だろう。

「そんなこと、べつにあんたが気にすることじゃないよ」

では、かん高い声だったらいいかというと、そうでもない。なにしろ、裏返ったような声でこう言われてもうれしくないだろう。ちょっと想像してもらいたい。ひどく高い声の男が言うのである。

「ご相談はこちらから」

相談なんかしたくないよ、そんなやつに。

以前も決断力については書いたことがあった。そのときは、「買うか」「買わないか」をどのように決断するかについて書いたが、iPodを買ってしまったいまとなっては、むしろ、「素早い決断」がなにを意味しているかに興味がある。私はファミレスでは素早く決断する。だが、アップルストアではそうではない。

おそらく、人によって価値のあり方は様々だから、「決断が素早くなる状況」のちがいがそこにはあるのだろう。

「洋服を選ぶのにはいつも迷うのに、結婚する相手は三分で決めた」

おそらくそんな女がいるはずである。もちろん、逆の場合もあるだろう。「洋服を買うときは、なんの迷いもなく欲しいものをすぐに買うが、結婚する相手を考えるとひどく悩み、悩んでいるうちに、四十歳になっていた」

そんな女もきっといる。あるいは、「洋服を選ぶのも早いが、結婚も早かった」とか、「洋服を選ぶのにはいつも迷うのに、結婚も悩んでいるうちに、五十歳になっていた」といった女もいるにちがいなく、そして、「洋服を選びはじめると時間がいくらあっても足りないが、そうこうするうち、結婚のことでも悩み、あれこれ悩んでいるうちに、なにも選べないまま、死んでしまった」という者もいる。

人生はいろいろ。様々な生き方がそこにあり、様々な人生模様があって、私は、iPodを買ったのである。

私が悩んでいた一番の理由は、いったいiPodをどこで活用するかだった。残念なことに最近の私は電車に乗らない。電車に乗っているその時間、iPodをはじめとする携帯型の音楽プレイヤーで音楽を聴く者は多い。そういうことをしてみたいと思って、iPodを買ったとしたらそれは本末転倒である。iPodで音楽を聴こうと電車に乗るのだ。新宿からためしにきょうは京王線に乗ろうなどと考える。ずっと音楽を聴いて気がついたら八王子だ。そのまま音楽を聴きつつ、また、新宿に戻ってくる。それでも、iPodにはもっと長い時間の音楽が入っているので、また新宿から八王子に向かう。八王子に着いたら当然、また新宿に戻る。

音楽が嫌いになりそうだ。

だいたい俺はなにをしているのだ。

不可解なコミュニケーション

ある日、知人から「ミクシィ」というものに誘われたのだった。いまさら説明しなくても私より詳しい人が大勢いるはずだが、「ソーシャル・ネットワーキングサービス」というものだった。知人から「ミクシィ」経由のメールが届くのである。どうやら自分から入ろうとしても入ることはできず、誰かからこうした「お誘いのメール」が来てはじめて、会員になれるらしい。そして私は会員になってしまった。自分のページができた。さらに、驚くべきことに「友だちにしてください」というメールも届く。それでしばらく様子を見ていたが、理解できたのはたったひとつだ。

「なにを楽しめばいいのか、さっぱりわからない」

正直なところ、わからないことだらけだ。だいたいが、「ソーシャル・ネットワーキングサービス」の意味が理解できない。「ソーシャル」というくらいだから、「社会的」といったことだろう。その、ソーシャルの、ネットの、ワーキングである。なにを言っているのだこれは。

たしかに日記をつけることができて、それを限られた人にだけ公開できるなど、ある人たちにとっては有効だろう。だが、私には限られた人にだけ公開するような内容の日記を書く必要がない。いったい、「限られた人にだけ公開するような内容の日記」とはいったいなにかだ。なにやら恐ろしいものを想像してしまうのだった。

「会社の上司を呪《のろ》い殺すことばかり書いた日記」

なんていやな日記だ。そこには、うらみつらみばかり書かれているのだろうなあ。「きょう、課長のやつ、コピーをとってくれと言った」

もうなにもかもが恨みである。「課長のやつ、おはようと言いやがった」とか、「課長のやつ、暑いなと言った」とあり、そしてきまって毎日、日記の最後はこう締めくくられる。

「殺す」

だったらさっさと殺せばいいが、いつまでもぐずぐずして殺さず、しかし日記だけは続くのだ。なんという恐ろしい状況だろう。

そして、「ミクシィ」には、「足あと」という仕組みがあって、自分のページに誰が訪れたかわかる仕組みになっている。それがまた、人を不気味な気持ちにさせる。なにしろ、次のような者が私のところにやってくるのである。

「ガレキバカ」

それはどんな種類のばかだ。

知人が携帯電話から写真を添付したメールをしばしば送ってくれる。メールはうれしい。写真つきもそれはそれでうれしい。だが、よくわからない写真が送られてきたとき、いったいそれをどう理解していいか困るのだ。

「いま食べているもの」

それを教えてもらって、私はなにをすればいいのだ。同じものをいますぐ食べなければいけないのだろうか。そして、知人はいったい何を思ってその写真を送ったかを考えると、さらに難解な事態になる。

「いままさに、焼かれようとしている、肉」

そこで私が知るのは、知人がいま、「焼き肉屋」にいることだ。それはさらに難解なメッセージである。いま、知人は焼き肉屋にいるのだな、そして、カルビをいま、焼いたのだろう。それはそれでいい。そして携帯電話からのメールにおいて人はしばしば、端的な言葉しか送ってこないのも問題だ。

「焼き肉です」

そんなことはわざわざ書かなくてもわかっているのだ。だから、それでどうしたのだ。さらに私はどう返事を書いたらいいのだ。

「焼き肉だね」

こんなに不毛なメールのやりとりがあるだろうか。

携帯電話の普及が人の生活にもたらしたものは数多くあると想像するが、たとえば、私が気になっているのは、「待ち合わせ」という概念がひどく曖昧《あいまい》になったことだ。かつてなら待ち合わせの打ち合わせは厳密だった。

「では、あしたの午後三時に、新宿の紀伊國屋《きのくにや》書店の前で」

さらに初対面の相手だったら、なおさら待ち合わせの指定は細かくなる。時間はもちろん、場所の指定もより細密になったものだ。

「紀伊國屋書店の、エスカレーターがありますが、その横のあたり、きっと人が大勢いると思いますので、午後三時きっかりに、私、腕をぐるぐる回していますので」

だからかつては、新宿紀伊國屋書店のエスカレーターの横あたりで腕をぐるぐる回している人をよく見たものだった。あるいは、軽快なステップを踏む者もいたし、ある時間になると突然、カバンから白と赤の旗を出して交互に上げ下げする者もいた。

遠い過去である。

携帯電話があたりまえの時代だ。先に書いたような「待ち合わせ」について、そんなに細かい指定をする必要はない。そもそも、「気がついたら携帯電話があった世代」にしてみれば、「待ち合わせ」という言葉すら存在しないかもしれないので、もっと漠然とした「約束」になっているにちがいない。

「あした、新宿のどっかで、午後三時ごろとか、そんな感じで」

これでもう、だいたい大丈夫だ。ことによったら、時間も場所ももっと曖昧かもしれない。

「まあ、今週中の、どっかで、関東の、どっか、いいところで」

それで、会いたくなったころ、何気なく、「いま、どこ?」と電話してみるのだ。すると相手は、「え、いま、新宿だけど」と応《こた》え、それを聞いて、「ああ、じゃあ、待ってて、そのまま、少しかかるけど、俺、いま千葉だから」と返事をする。あまりに不合理な「約束」だが、それでも会おうと思えば会える。さらに新宿に着いてから、「いま、駅についた」と連絡すれば、ほどなく会うことができる。

携帯電話はこうして、「待ち合わせ」という概念さえ、消そうとしているのだ。

かつてなら、「待ち合わせ場所」のスタンダードがあった。新宿だったら、いま書いたような「紀伊國屋書店前」があるし、渋谷はもちろん、「ハチ公前」だ。さらに、東京駅には「銀の鈴」があり、六本木には「喫茶店アマンド前」があった。だが、こうしたスタンダードをよしとしなかった私は、たとえば、「アマンド前の待ち合わせ」などけっしてしようと思わなかった。それで、いまから二十年ほど前、ひとつの提案をしたことがある。アマンドは六本木交差点の角にあるが、道を隔てて、やはり交差点の角に、「みのち庵《あん》」という蕎麦《そば》屋があった。だが、誰もその店の前で待ち合わせしようとする者などいないのだ。私は考えた。

「みのち庵前、待ち合わせ運動」

だが、誰もその運動に賛同する者はいなかった。なぜなら、「じゃあ、あした昼の二時に、みのち庵前で」と口にすると、なにやらばかがものを言っているような気がしたからだ。口に出して言ってみてほしい。

「ミノチアンマエ」

きわめて不可解な言葉になるのだ。

だが、いまはもう、そんなことに気をもむことすら必要がない。なにしろ携帯電話がある。誰かと約束をする。「いま、どこ?」と電話がかかってくる。携帯でしゃべりながら町を歩く。そして町ではいま、こんな声が向こうからもこちらからも聞こえている。

「あ、いた。おまえ、見えたよ」

またべつの不可解な言葉がここに生まれているのである。

音楽とのつきあい

ある本で、音楽評論家の湯浅学《まなぶ》さんと、ムーンライダーズの鈴木慶一さんとの対談を読んだ。そこで話題になったのは、私もよく知っている八〇年代のレコードショップや、新しい音楽が聴ける店の話だ。青山にあった「パイド・パイパー・ハウス」などいくつかの名前があがって、そうした店で鈴木慶一さんはレコードを買ったり、情報を見つけていたと話す。「みんななくなっちゃいましたねえ」と評論家が語る。

たしかに、私もそうした店で八〇年代のある時期、よくレコードを買ったり、聞いていたのでとても懐《なつ》かしかった。そして評論家が、「いまはどこで?」と質問する。ミュージシャンは言ったのだった。

「Amazon」

やっぱりそうだったのか。私もそうだから、なんとも言いようがないが、そこまで「Amazon」が侵食しているとは思わなかった。そして鈴木慶一さんもAmazonに声をかけられるのだ。

「こんにちは、鈴木慶一さん。おすすめの商品があります」

すすめられてしまった鈴木慶一さんは、どんな表情で、「おすすめの商品」をクリックしているのか、それも興味があるが、それより、やっぱり誰もが気になっているのは、あの「Amazon」のおすすめ上手ぶりだろう。私もしばしば参っているのだ。ついすすめられ、調子に乗って買ってしまうことがあるし、誰もが言うように、おすすめされた本に驚くこともしばしばだ。大量に出てきた「おすすめ」のCDや本のなかに、次のような書籍があった。

『HEAVY METAL/HARD ROCK 黄金伝説』

言っておくが私は、「黄金伝説」についてあまり知りたいとは思っていないのである。どんなジャンルだろうと、あまり必要としていない。たとえば、こんな本があってもけっして手を出さないだろう。

『朝から風呂《ふろ》に入っても年収一億円黄金伝説』

そりゃあすごいかもしれないが、私はきっぱり、「黄金伝説は嫌いだ」と言いたい。

それにしても、『HEAVY METAL/HARD ROCK 黄金伝説』の編者がすごいよ。

「エアロシミズさん」と、「イザワヨハンマルムスティーンさん」だ。

ちょっと読みたくなったのである。

音楽が人の意識に働きかける力が強いのはよく知られたことだ。あるとき、私が演出した舞台の開演前、俳優の一人が、携帯式のＣＤプレイヤーからヘッドフォンで音楽を聴き、集中力を高めている姿を見たことがある。

俳優には、それぞれ開演前の準備の「作法」というか、「儀式」のようなものがある。ある者は、ひたすら劇場の客席にある階段を走って往復し、それでからだを温める。あるいは、壁に向かって自分のせりふをぶつぶつ呟《つぶや》いている者もいる。

楽屋の椅子《いす》に腰をおろし、眼を閉じた俳優は、まるで瞑想《めいそう》する者のように集中して音楽を聴いていた。なにを聴いているのか、彼を集中させる音楽がなにか興味を持って質問した。俳優はきっぱりと応《こた》えた。

「ロッキーのテーマです」

まあ、なにを聴いていようとそれぞれの自由だ。返事を聞いて、さも演出家のようにふるまい、「ロッキーはやめろ」「おまえはボクサーか」「卵を生のままごくごく飲むのか」と咎《とが》めるわけにもいかない。気持ちを高めていたのだ。これから舞台に立つ自分をロッキーの姿に重ね合わせていたのだ。いいじゃないか。それがどんなにばかに見えても、その俳優には必要だったのである。

だが私は、ＣＤプレイヤーのスイッチをいきなり切った。俳優は驚いた顔をする。

そして私は、やはり、「ロッキーはやめろ」と言ってしまったのだった。だが、俳優も譲らなかった。きっぱりとした口ぶりでこう応えた。

「だって、舞台はリングでしょ」

え、そうだったのか。知らなかったよ。そりゃあ驚いた。俺たちがやってるのは格闘技だったのか。

ところで、iPodには、シャッフルという機能がある。詳しいことは知らないが、勝手にiPodのやつが選曲し、次々と音楽を流すらしい。最近は、稽古場《けいこば》や劇場にiPodを持参してくる者も多い。ひたすら、「ロッキーのテーマ」を聴ける俳優は幸福だ。集中しようとしても、シャッフルされることで、集中できないことだってあるのではないか。

開演前である。舞台をイメージして集中している。「ロッキーのテーマ」も流れるかもしれないが、ことによったらシャッフルされ、「フニクリ・フニクラ」がかかるかもしれない。いったいそれで出現する開演前の意識はなんだ。「フニクリ・フニクラ」だったらまだいい。ことによったら俳優は、こんな曲も、iPodに入れていたかもしれないのだ。

「北風小僧の寒太郎」

歌詞は次のようになる。

北風小僧の寒太郎
今年も町までやってきた
ヒューン　ヒューン
ヒュルルンルンルンルン
冬でござんす
ヒュルルルルルン

この、「ヒュルルルルルン」でいったいどんな芝居をしようとするのだ。しかも、その前が、「冬でござんす」である。その「ござんす」が私には納得がいかないのだ。シャッフルはまずいよ。

そもそも、そんな歌をiPodに入れておくのが疑問だが、まあ、どんな音楽を聴こうと人の自由だ。けれど、舞台の本番の直前である。それをなにも、「冬でござんす」はないじゃないか。それでさらに「ヒュルルルルルン」ってのはいかがなものか。iPodのシャッフルは恐ろしい。

中学生のころからと考えれば、もう三十数年になるのは、はじめてレコードを自分の小遣いで買ってからの時間だ。あくまでも「レコード」であって、「CD」ではない。三十数年だ。べつに私はコレクターではないが、ふと気がつくと大量のレコードが棚にある。もちろんプレイヤーがあるので、聴きたいと思えばそれで聴けばいいが、私は最近、iPodを買ってしまった者なのである。だったらiPodで過去のレコードの音楽も持ち歩きたいだろう。さらに、音源を、アナログからデジタルに変換する、「Sound it!」というソフトも以前から持っている。こうなると、変換したくもなろうというものじゃないか。けれど、そこで出現するのは、次のような、ごくつまらない疑問だ。

「どのレコードから手をつければいいのか」

アナログレコードが大量にある。べつに、あるレコードをいますぐ聴きたいというわけでもないとしたら、どれから変換していいのかよくわからないのだった。

これは困った。さんざん悩んだあげく、私は決心したのである。

「目をつぶってレコード棚から一枚、引き抜く」

それで手にしたのは、こんなレコードだった。

映画『エレファントマン』のサントラ。

ああ、芝居で使ったんだよなあ、二十年近く前に。べつに映画が好きで買ったわけじゃないし、思い入れもなにもないのだ。それで私はまた悩むことになった。これを変換すべきかどうか。しかし、それでやめたら、また同じことの繰り返しになるのではないか。仕方がないので、『エレファントマン』のサントラをアナログからデジタルに変換することにした。

あの切ないメロディーが流れてくる。

どんどん切ない気分になる。こんな切ない音楽をiPodで持ち歩いて、それにどんな意味があるのだろう。だが、「Sound it!」はきまじめに仕事をしている。せっせと働いている。

その姿が、なにやら、ひどく切ないのである。

ネットで買う

よく知られているのは、眠る直前にメールを書くことの恐ろしさだ。ある知人は眠る直前に仕事相手にメールを送ってしまったという。内容が大変だった。なぜか、ひどく「非難」していたという。しかも、ふだん、そんなことを考えてもいないような内容だった。「ふだん考えてもいない」ことだ。それは、とてつもなく恐ろしい言葉なのではないか。たとえば、次のように唐突にはじまるメールかもしれないのである。

「俺に言わせたらあんたは、美味《おい》しいものをたらふく喰ったパリサイ人だよ」

意味がよくわからない。非難されているのかどうか不可解なものの、どうも文面は「非難」である。書いた本人もひどく驚いた。なにしろ、自分でも「パリサイ人」がどこの国の人かよくわからなかったのだ。

私は、睡眠異常がひどく、病院で処方された「眠るための薬(＝睡眠導入剤)」を飲むことがある。それを飲んだあとはメールを書くまいとしているが、もう半分眠っている状態では、そもそも、「書くまい」という、「意志」そのものがなくなっていることがある。

つい書いてしまった。

書いただけならいいが、つい送ってしまい、あとで確認すると、「思う」が「覆《おお》う」と書かれている部分などがあり、ほかにも誤字脱字があってまったくひどい有様だ。

「僕もあなたのように覆います」

いきなりこれを読まされた者はたまったものではない。なにしろ、「私」という人物がなにをしたいのかわからない。文脈で理解しようとしても、どこにも「覆うもの」などありはしない。だが、それだったらまだいい。もっとでたらめな文章を書いてしまうこともある。

「でっちゃらが、ほんげってるぼんで、ひぎゃちゃは、ふんぎるほが」

これはいったい、どこの言語だ。

たとえ睡眠導入剤を服用しなくても、眠る前のメールやネットは危険であり、Amazonで私は思わぬ大量の買い物をしたこともあった。

本とCDで、総額七万円だ。

記憶があれば必要だったのだとあきらめもつくが、いますぐ必要とは思えない書籍や音楽ばかりだった。あるいは、なにをいったいチェックしたのかわからないが、ある日、Amazonのトップを開くとおなじみのおすすめ商品が紹介されていた。

「Amazonのトップページを飾るエロDVDの数々」

いったい俺はなにをチェックしていたのだ。こんなに「エロ」を「おすすめ」されてしまうということはだ、眠る直前にかなりの時間、エロ関係の図書だの、DVDだのをチェックしていたにちがいない。Amazonはほんとに律儀《りちぎ》だ。そういう人にも、いやな顔ひとつせず、ちゃんと「おすすめの商品」を推薦してくれる。だが、その状態を人にのぞかれたらと思うと、怖くてしょうがない。

人を震撼《しんかん》させる「律儀」。

それがAmazonだ。

だが、眠る直前に失敗をするなら、まだいい。しっかり覚醒《かくせい》しているにもかかわらず、失敗したという者を私は知っている。

ある映像作家だった。

犬の首に装着して、その鳴き声でいまの気持ちがわかる玩具《おもちゃ》がある。あくまでも玩具だ。「バウリンガル」という名前だ。どこまでも冗談で作られたとしか思えない。

そして、それが成功したから作られたのが、猫の気持ちがわかるというしろものだった。

「ミャウリンガル」

名前からしてすでに、人をばかにしたような商品だ。誰がいったい、そんなものを買うのかと思っていたが、映像作家は買ってしまったという。しかも、ネットで購入した。ひとつ一万円ちかくするという話を聞いて、そんなものに出すような金額ではないと私は思ったが、繰り返すようだが、映像作家は買ったのだ。眠る直前ではない。きちんと覚醒しているときだ。

そして彼はやってしまった。

クリックの回数を間違えたのである。

家に、「ミャウリンガル」が三つ届いたという。

しかし、私は思うのだが、「バウリンガル」だったらそれも許せたはずだ。許すどころか、笑い話として人に伝えていたと思う。だが買ってしまったのは、「ミャウリンガル」である。人をばかにするのもほどほどにしろよという、ネーミングの商品だ。なにしろ、「ミャウリンガル」だ。こうして何度も、「ミャウリンガル」と書いていると、だんだん腹が立ってくるほどのネーミングだ。「バウリンガル」だったらまだいい。だが、「ミャウリンガル」で、クリックの回数を間違えるとはなにごとだ。

しかも、眠る前ではない。覚醒した状態だった。だったら眠る前だったらどういうことになっていたか想像すると空恐ろしい。

「ミャウリンガルと猫を、セットで買う」

そんな恐ろしいことがあるだろうか。

たとえば、どこかの商店でもいい。それを町のパン屋さんとしておこう。そこで食パンをなにげなく買ったとしよう。すると、店の宣伝だというので、店員がどこまでもあとをついてきたらどうだろう。

「毎度ありがとうございます。食パンのほかにも、クロワッサンはいかがですか」

一歩まちがえれば、それはもう、ストーカーである。だが、私は毎日、それを受け取ってしまう。買い物した店の人が、毎日、家に訪ねてくるかのように、それはきっちり忘れずに届く。その熱意と努力に、私は敬意すら感じているのだ。

「楽天」からのメールである。

あれは、たしか楽天のなかにある「フリマオークション」で買い物をしてからのことだ。オークションに出品していたのは、ある古本屋さんだった。なんの本を買ったのかもう記憶にない。だが、メールはまだ届く。一度買ったあとはまったくその古書店を利用していないので、いつか向こうも忘れるだろうと思ったが、いっこうに忘れる気配がないのだ。

メールは届く。なぜか深夜に届く。そして、毎日、古書を紹介してくれる。

『おかわりちょうだい』

いきなりな本だった。副題に、「保育園の人気メニュー」とあってなんとなく内容はわかったが、それに続いて、まださらに紹介してくれた。

『続おかわりちょうだい』

いや、私はそんなに、「保育園の人気メニュー」について知ろうとは思わない。だいたい、私はその古書店でなにを買ったのだろう。まさか、「保育園の人気メニュー」的なものではないと思うのだし、私が買う本の傾向はあきらかにあって、こうした幼児教育とはまったく無縁だと思う。

さらに、「楽天」のメールは紹介してくれるのである。

『郡上の立百姓・寝百姓・両舌者』

そもそも、タイトルからして、内容をどう理解すればいいのか困惑するのだ。「名古屋営林局誌『みどり』昭和四十二年十一月号（十九巻十一号）別刷」と説明があり、著者は、杉本壽という人らしい。だからといってなあ、これを紹介されても私は買うだろうか。

少し私は考えた。

買っておいたほうがいいのじゃないだろうか。なにしろ、『郡上の立百姓・寝百姓・両舌者』だ。立っていたり、寝ているのだ。それも農民である。立ってする農作業はわかるが、いったい寝ている農作業はどんなことになっているのだろう。考えれば考えるほど、難解だ。買うべきか。買ってもむだだろうか。

まあ、「両舌者」もひどく気になる。

そもそも、どう読めばいいのかわからないし。

Ⅳ

ナンバーポータビリティ

メールが恐ろしいことはすでに書いた。たとえば、眠る直前に書いてしまい、読むに耐えないだけならまだいいほうで、相手に失礼な内容の文章を送ってしまうという、例のあれである。だが、さらに恐ろしいのは、「送信先を間違えてしまう」ことだ。ごく近しい者へのメールのつもりが、うっかりまったく別人に送ってしまったらことである。

それはある雑誌の編集長から送られたメールだった。いきなりこうはじまる。

「今月のイラストはこんな感じだす」

いったい、この「だす」という語尾はなんだろう。おそらく、「です」を「だす」にし、親しみを演出したのだろう。気持ちはわかる。気持ちはわかるが、だからって「こんな感じだす」はないじゃないか。文面から察するにイラストレーターか、雑誌のレイアウトをするデザイナーに送られたメールらしい。そして、メールの内容からして私のエッセイに付されるイラストについての連絡だ。私はその編集部からすれば外部の者なので、さすがに編集長から、「こんな感じだす」といった種類のメールは一度も受け取ったことがない。けれど、どうやら編集部内では、「だす」があたりまえなのだ。だから彼らはこうやりとりしているのだろう。

「ごきげんいかがだす？」

あるいは、「これから荷物を出すだす」とか、「だすだすが、だすになっているだす」という、外部の人間が読んだらまったくもって難解な内容のメールが飛び交っているにちがいない。恐ろしい編集部だ。

そして、そこには携帯電話のイラストについて編集長からの提案があったが、偶然、今回の私のこの連載も、「携帯電話のナンバーポータビリティ」についてだ。この恐ろしいまでの偶然はなんだろう。あたかもその編集長が、本誌の編集長のようではないか、っていうか、そうなんだけど。

人の思考を妨げるものは無数にある。数えていったらきりがないほどだ。私は演劇をやっている者なので、どうしたって舞台の表現について考えているし、ほかにももっと様々な、「こと」や「もの」を考えたい。けれど、油断しているとそれを妨げる何者かにはばまれるのだ。たとえば、次のような事件は誰だって一度は経験があるにちがいない。

「将来の生活について考えようとしたら、向こうからイノシシが走ってくる」たしかに、誰もが経験したことがある。あれはだめだね。走ってるイノシシはいけないよ。考えに集中しようとしたって向こうからイノシシが走ってきて、危うく衝突さえしかねない。なにしろ、人にとって大事なのは、「いま」であり、向かってくる「イノシシ問題」のほうが、圧倒的に「将来の生活」より重要なのだ。なにしろ即座に「イノシシ問題」を解決しなければ死ぬかもしれないじゃないか。それほどイノシシは恐ろしい。たしかに、「イノシシ問題」にはらまれた「死」の恐怖はもちろん人の思考を妨げるが、それとはまたべつに、ほんの些細《ささい》な「事柄」が人から思考する力を奪うこともよく知られている。

「きょうの夕飯をなんにしようか考えていたら、宅急便が届く」

そんな些細なことで人はもうすでに「きょうの夕飯」について忘れている。それで宅急便の梱包《こんぽう》を開き、それが遠くに住む友人から送られたその土地で採れる「みかん」だったりして、その「みかん」を食べて「うまいうまい、こりゃあ、めちゃうまい」などとつい口にしてしまうのだ。いったい人の「思考の経路」はどういうことになっているのか。

私は考えたいのだ。

一途《いちず》に考えたい。それは演劇のことだったり、文学のことだったり、あるいは大学の講義のことだったり様々だが、いま、「考えること」を妨げるものがあるとしたら、なにより現在的に最大の障害は、次の問題に決まっている。

「携帯電話のナンバーポータビリティ」

もう、最初に書いてしまったのでなんの新鮮味もないでしょうし、そもそも、「携帯電話のナンバーポータビリティ」がはじまってすでに時間が過ぎているものですから、一部の人には興味もわかないかもしれないだろうけど、私は、なにかあるとそのことを考えてしまって、本分がおろそかになることがある。

舞台の稽古《けいこ》をしている。俳優たちに、そこはこうしたほうがいいとか、あっちはもっと素早く動けなどと意見しているが、ふとした拍子に、「携帯電話のナンバーポータビリティ問題」が意識のなかに浮上してしまうのだった。

「俺はドコモだが、やっぱり、ａｕにしたほうがいいのだろうか」

いや、だめだ、こんなことを考えている場合ではない。なにしろ私はそのとき、芝居の演出をしている演出家なのであって、携帯電話の機種変更について思いを巡らしそれを楽しみにしている女子高生ではあきらかにないのだ。しかも、いい大人である。大人が大事にしなくてはならないのは仕事だ。私は仕事が大好きだ。仕事だけをしていたいほどだ。遊びたいなどとこれっぽっちも思ったことがない。けれど、考えれば考えるほど、「携帯電話のナンバーポータビリティ」はわからない。

たしかに、ドコモだろうが、ａｕだろうが、ソフトバンクだろうが、電話番号を変えずに自由に機種を変更できたらこんなにいいことはないと、最初は大いに歓迎した。だが、情報は様々に飛び交い人の気持ちを動揺させる。なにかサービスがいろいろあるらしいとか、契約会社を変更するには料金がかかるらしいとか、ある契約会社では通話料がべらぼうに安いらしいとか、いや、しかし、その通話料が安いのには実は訳があって、かくかくしかじか、らしいから、それで、契約会社を変えるよりは、こっちのほうが、やはり、あれらしいので、あれが、あれして、いろいろあれらしい……、と、もう、どうしていいのか、お手上げの状況が、「携帯電話のナンバーポータビリティ」である。わからない。いくら考えてもわからない。まったく厄介なものを抱えこんでしまったものだ。

いや、いかんと反省し、そんなことより原稿を書こうと決意するが、またうっかり、「各社がポイントをプレゼントしているらしい」という情報が耳に入り、それも気になる。だが、わからない。わからないから、なにも考えずに、ドコモからソフトバンクにしたほうが楽なんじゃないかとすら思う。なによりいいのは、楽である。

では、私が携帯電話のヘビーユーザーかといえばそんなことはなく、仕事でどうしても必要な相手や、あるいは少数の友人などに電話することはあっても、さほど使うほうではない。はじめて携帯電話を持ったころなど、どこに行っても捕まるからという理由で、絶対に編集者には番号を教えなかった。そして私は、携帯電話からメールすることはめったにない。そんな機能などどうでもいい。付属しているカメラ機能で写真を撮ろうとも思わない。デジカメがあればいいし、そもそも、なぜあんなもので写真を撮らなくてはならないのだ。まして携帯電話で音楽を聴くつもりもない。必要な連絡だけできればいい。番号は三つぐらい登録できればいい。ほかにはなにもいらない。

それはつまり、「らくらくホン」だ。

そんなものでいいんだ。ほかになにが必要だというのだ。人は三人ぐらいと連絡が取れればだいたいのことはすむ。そしてなにより重要なのは、「らくらくホン」はきっと楽だということだ。そんなにいいことがあるだろうか。

もう悩まなくていい。そうだ、「らくらくホン」がある。それが真実だ。

年賀状なんてなければいい

資本主義社会だけとは限らないかもしれないが、なにかイヴェントがあれば、資本はそれを利潤のために活用することは知られており、たとえば、「バレンタインデー」になればチョコレートを売ろうとその筋の業界は必死である。

そしてここに、おそらくこの国だけじゃないかと想像される、ある特別な「商戦」が存在するのもよく知られている。

「年賀状商戦」

もちろん、コンピュータでデザインして年賀状を作るにあたり電子機器メーカーがプリンタを売るとか、正月らしい写真を撮るためにデジカメを売るというのはもうあたりまえだ。私が仕入れた情報によれば、この数年過熱しているのはハウツー本だという。ほかでもない、「年賀状の作り方」のハウツー本である。

出版社はそこに情熱を注ぐ。あの手この手で購読者の気持ちをそそる。Amazonでどんな「年賀状ハウツー本」が出ているかを調べてみた。出てくる出てくる。

『ミッキー&フレンズ年賀状 CD-ROM 2007』

そこに来たか。さすがだな。ディズニーはさすがに無敵なような気がする。かといって、ディズニーばかりをいい気にさせてはいけないのだった。

『日本の美を伝える　和風年賀状素材集　和の趣　亥年版《いどし》』

とことん「和風」である。ディズニーとはまったく異なる方向からのアプローチだ。たしかに和風も正月らしくて人の気持ちをくすぐるが、じゃあ、これはどうだ。さっぱりして気持ちがいいくらいだ。

『印刷するだけ年賀状』

ま、たしかにそうだけどさ、そのシンプルさがいいのだろうか。だが、なんだか人をバカにしているような気分にならないだろうか。

もちろんコンテンツや、本の体裁も大事だが、次にくるのは出版社でもたいへん悩むところだと人から教えられた大きな問題である。

「いったい年賀状のハウツー本はいつごろ発売したらいいのか」

遅くてもだめなのである。

「大晦日《おおみそか》」

だめだろう。もう遅すぎるというか、かなりルーズな人にはいいかもしれないが、それから本を読んで勉強しているうちに年が明けて新年の一月も終わってしまい、年賀状を出すのもおっくうになる。ようやく年賀状が完成するのがもう桜も咲く四月である。四月になって「明けましておめでとうございます」もあったものではない。では、早ければいいのか。

「誰もが年賀状を出し終え、返事も書き終えて、ようやく年賀状から解放された二月ぐらいに、もう来年のために年賀状の本を出す」

あきらかに早すぎる。そのころになると人はもう、年賀状のことなんか考えたくはないのだ。まして、「年賀状」という言葉が生む、新鮮な気持ちも薄れて誰も買わないと思う。

「真夏の炎天下で」

まあ、炎天下で年賀状を作るのは奇抜で気が利《き》いているかもしれないものの、考えてみてほしい。誰もが海水浴に行くような時期だ。暑くて寝苦しいと口にするころだ。冷えたビールが美味《おい》しい季節だ。

誰が年賀状など書くものか。

そこで出版社は探り合いをしているにちがいない。十一月あたりが妥当なのだろうか。でも早すぎて誰も年賀状のことを思い出さないかもしれない。かといって、「大晦日」は極端に遅いが、だからって「十二月」に入ってからになるとそれもきわめて微妙だ。それで人は、誰もが口にするのだ。

「年賀状なんか、なければいいんだ」

そして、「年賀状なんて、あんなもの、ただの形式じゃないか」とつい口にしてしまい、「大事なのは心だよ」ともっともらしいことを言ってしまいがちだが、正月ともなると、あまり届いていなければいないでさみしいのが年賀状である。

そしてそこには一定の法則があるのもよく知られたことだ。

「出さなければ、来ない」

来ないんだよ。こちらから出さないと、年々、年賀状は減ってゆき、結局、届くのは、たとえば美容院とか洋服屋からのひらひらの紙に印刷された新年の挨拶《あいさつ》というか、要するに宣伝だ。年賀状は人を苦しめる。書けばいいんだ。だけど、どうにも書けないんだ。

コンピュータには様々な周辺機器が存在するが、いったい、「周辺機器」とはなんだろう。たとえば私は、キーボードを打ちながら原稿を書きつつ煙草《たばこ》を吸うが、すると、「灰皿」もまた「周辺機器」になるのではないか。だが残念なことに、「灰皿」は「機器」ではない。

では、その線引きがどこにあるか、そして、どれくらいの種類が「周辺機器」として一般的に認識されているか、ためしに「価格.com」にあった「周辺機器」の欄で調べてみた。

「プリンタ　MP3プレーヤー　プロジェクタスクリーン　スキャナ　ポータブルAVプレーヤー　フィルムスキャナ　液晶モニタ・液晶ディスプレイ　PCスピーカー無停電電源装置（UPS）　モニタ・ディスプレイ　キーボード　スキャンコンバータ　プロジェクタ　マウス・タブレット　インク　HDDレコーダー　カードリーダー　トナー」

言われてみればたしかにそうかもしれないが、そこまで「周辺機器」ということになっているのかと驚かされるのが、「プロジェクタスクリーン」だ。だって、あれは「プロジェクタ」で映像を投射するのに必要なものであって、コンピュータから微妙に遠い位置にあるので「周辺」とは言えないではないか。

だが、どうやら「周辺」は距離ではないのだ。

コンピュータの側《そば》にいくら、「機器」であるところの「空気清浄機」があっても、「コンピュータ周辺機器」とは誰も呼ばないだろう。あるいはあれはどうか。

「電動鉛筆削り」

ほかにも、「電動式ハンディマッサージ」「電子辞書」「時計」、そして、なぜかコンピュータの側にあった「電動歯ブラシ」。全部だめだ。周辺機器ではない。

そして、ここでまず先頭にある「プリンタ」に注目しようじゃないか。それというのも次のようなことが考えられるからだ。

「人は年賀状を印刷する以外にあまりプリンタを必要としていない」

たしかに、プリンタがなくてはならない仕事の人もいるだろうが、一般的に考えて誰がどんな目的でプリンタを必要とするだろう。

「買い物のメモをプリントアウトする」

そんなものは手書きでたくさんだ。いちいちコンピュータに入力し、そして出力していたら手間がかかってしょうがない。

「お父さんへの娘からの手紙」

それくらいだったらメールでいいじゃないか。まして、父親がコンピュータばかりか、携帯電話も使わないのなら、やっぱり手紙はペンで書けと言いたい。それをわざわざプリントアウトするとはなにごとだ。そんな親子はだめである。

「決闘状」

やっぱり、「決闘状」は和紙に筆である。

先にあげた「周辺機器」をさらに見れば、一般的に考えると、「フィルムスキャナ」もまたあまり使われないだろう。プロが主に使っていると思うが、そう考えてゆくと、「液晶モニタ・液晶ディスプレイ」「ＰＣスピーカー」「無停電電源装置（ＵＰＳ）」「スキャンコンバーター」にしろ、あったらいいと思わせるところに「周辺機器」の「周辺」たる由縁もある。

そして一年に一度だけ必要になるのが「プリンタ」だ。年賀状を出さなくてはならないからプリンタを買うのではない。プリンタを買ってしまったから、年賀状を出すのである。

Yahoo!オークション

ある方から、Yahoo!オークションにはなんでもあると教えられた。ほんとうなのだろうか。たしかにかつて、Yahoo!オークションに「タイムマシン」が出品されて話題になったのも有名である。そのときの記録がネットに残されていたので、あらためて「その商品」の説明文に目を通した。いきなりこうあった。

「タイムマシンを開発しました。実用に耐えるものです」

いきなりこれはすごい。その後「タイムマシン」はヤフーが削除したという経緯があるが、こうなるとたしかに「Yahoo!オークションにはなんでもある」という話もうなずける。最近は、あまりオークションを利用していなかったが、試しにのぞいてみることにした。たしかに「Yahoo!オークション」にはなんでもあったのだ。

「川湯温泉　源泉かけ流し温泉旅館」

これが登録されていたのは、オークションのなかの、「不動産」というカテゴリーである。べつに「川湯温泉　源泉かけ流し温泉旅館」の宿泊券の話ではない。なにしろそれは、「不動産」に分類されているのだ。私がこれを書いている時点で、その「現在の入札額」がすごい。

「一億五千万円」

それ、ちょっと、ネットのやりとりでいいのか。オークションに出すようなことなのかと思っていると、「不動産」のジャンルはものすごいよ。平気で数千万円の一戸建て住宅が出品されている。だが、「不動産」だったらまだいい。ほかにも、「虫」がいる。

「ジャンボミルワーム。100グラム」

虫だが、グラム売りである。これ以上は書きたくない。もし興味があったら、「ジャンボミルワーム」で検索していただきたい。

さらに、すでに「モノ」ですらないこんな商品もある。

「AV撮影現場を生で見たい方」

よくわからない。商品説明にはこんな一文がある。

「今回出品するのは私がたまたま知ることができた方法です。お約束します。必ず一流AV女優の撮影現場を生で見ることができます」

たしかに、「Yahoo!オークション」にはなんでもある。

Yahoo!オークションだけで生活しているという人に会ったことがある。つまりオークションに出品し、その売り上げで生活費を稼いでいるという話だが、その人によれば、それだけで月収二十万円になるというのだ。

ほんとうなのか。

最近のYahoo!オークションを見ると、あきらかに「業者」とおぼしき者らが出品しているのがわかる。それはそもそも商売だ。ただ単に、商売の場所を変えただけで、これまで店頭販売が主だったが、「ネット」が発見され、そして「Yahoo!オークション」という市場が新たに出現したのだとわかる。たしかに「業者」であることを明記していない場合も多いが、どう考えたって「業者」にしか思えない出品があるのだ。

たとえば、これはどうだ。

「筋肉モリモリに！　新アミノ酸プロテイン《大瓶》」

わざわざ、「《大瓶》」と記してある。それがどうも怪しい。そこで、Yahoo!オークションの機能のひとつである「出品者のその他のオークション」を調べてみた。私が調べた時点で全部で二十七個の出品があったが、そのうち、「二十六」が「プロテイン」である。そんなに「プロテイン」を余らせている人がいるとは思えない。これはあきらかにその方面の「業者」だろう。そのほとんどが、「新アミノ酸プロテイン」

だが、説明には次のような言葉があった。

「アメリカ・カリフォルニア州のボディービル専門店から直輸入品です♪」

この「直輸入品」という書き方がすでに「業者」らしさを感じさせるが、そこになぜ、「♪」なのかはわからない。いったいこの「♪」はなんだ。まあ、どんな「業者」がいたってかまうものか。なんでもやってくれと言いたい。それが自由経済だ。ただこの「業者」が奇妙なのは、二十六個の「プロテイン関連商品」を出品していながら、最後にただひとつ、まったく「業者」らしくないものを出品していることだ。

「★ジャンク★シャープ　電子辞書 PW I C5000」

もう最後まで「プロテイン」で押し通してほしかったのだ。それをなにも、「ジャンク」な「電子辞書」ってことはないじゃないか。けれど、逆に、このことによって、この人は「業者」ではなく、ただの「プロテイン好き」ではないかとも思わせる。プロテイン好きが高じて、うっかり輸入し過ぎてしまったのかもしれない。だが、わからない。最後に商売のことを忘れ、つい、「ジャンクな電子辞書」を出品してしまったのだろうか。まあ、憶測はいくらでもできるが、様々な「業者」が「Yahoo!オークション」に存在してもいいのだろうし、出品の態度がオークションの規定に違反していなければ、なにをしたって自由にちがいない。「業者」はいる。「中古車」を売る業者もいれば、「時計」を売る業者もいる。

だが、私に「Yahoo!オークションだけで生活している」と話してくれた人は、べつにそれを商売と考えているようではなかった。その人は音楽好きだ。古道具屋や古本屋に中古のレコードやCDがあるという。店頭の値段はすごく安い。それを買ってオークションに出品するのが基本だが、そのほとんどが自分では興味のない音楽のようだ。けれど、出品すれば誰かが必ず買ってくれる。どこかに、マニアやファンがいる。ほんとうなのだろうか。試しに「Yahoo!オークション」を探してみた。たしかに、誰かがなにかをほしいのだ。

「バッキー白片とアロハ・ハワイアンズ全集2」

入札者がいるのだからすごい。バッキーである。白片である。それでもって、アロハ・ハワイアンズだ。いいじゃないか、音楽はなにを聞いたって自由だ。

まあ、出品する者らにも様々なドラマがあるが、入札する側にもドラマはある。

なにしろ、オークションは人を変える。

競《せ》り合いがはじまると我を忘れるのだ。あんなに恐ろしいものがほかにあるだろうか。べつの場所にも書いたことで申し訳ないが、私は数年前、ひどく熱くなった。それは、ヤクルトスワローズにいた池山の引退試合のチケットだ。神宮球場のバックネット裏だ。入札は締め切りのぎりぎりまで続いた。池山の最後のバッターボックスを見たいのは当然だ。それもバックネット裏だったら申し分ない。だが、いよいよ締め切り間際《まぎわ》になると、そんなことはもうどうでもよくなっているのである。コンピュータの画面をじっと見つめ、ただただ、相手の入札を待つ。敵はどうやら一人らしい。五百円ずつ値がつり上げられる。向こうが上げれば、こちらも上げる。こちらが上げれば向こうも上げる。

気がついたら、最初に設定されていた「開始価格」の五百円など、遠い過去のことになっていた。三万円だ。「ふっ、ここが山場だな」と私はつぶやき、相手を意気消沈させようと勝負に出た。

「三万五千円」

いきなり入札額を一気に上げたのである。時間が刻々と過ぎてゆく。いよいよあと数分だ。すると、そのとき向こうも反撃に出た。

「四万二千円」

この中途半端《はんぱ》な数字はなんだ。だが、負けてはいられない。私もさらに勝負する。どうだとばかりに、「四万八千円」と数字を入れる。結果が出た。私の落札だ。いつになく熱くなった。そこで燃え尽きたといっていい。池山の引退試合を見る前に燃え尽きてしまったのだった。

まったくYahoo!オークションは恐ろしいよ。

Web 2.0

しばらく前から、「Web 2.0」という言葉をネットをはじめ、様々なメディアで目にするようになった。まったく意味がわからない。なにかいいらしい。どこか先進的であるらしい。これからのネットはどうやら、「Web 2.0」でなければいけないのである。その意味はまったくわからないものの、「新しい潮流」として喧伝《けんでん》されているところをみると、なにか人をわくわくさせてくれるものなのではないか。ところが、それはどうも次のような夢のネット世界ではないようだ。

「ネットに接続するだけで、年収数千万円」

残念ながら、そんなにネット社会は甘くはないのだ。だが、「2.0」なんだからそれぐらいの夢は見させてくれてもいいじゃないか。

「すぐに女の子と出会える」

これでは迷惑メールである。だとしたら、次のようなものかもしれない。

「いままでの二倍」

なにがだ。なにかわからないが、倍なのではないか。だって「2.0」である。だとしたら「倍」であってほしいじゃないか。なにがどう倍なのかだが、「Web 2.0 で、靴のサイズがいままでの倍」というわけでもなさそうだ。「Web 2.0 で、食欲倍増」でもないだろう。そもそも、「靴のサイズ」にしろ、「食欲」にしろ、そんなことになったら厄介である。

とはいえ、過去からの進化を「2.0」という言葉で示しているとすれば、なにかよくなっていなければだめだ。

「うれしいメールが多くなる」

それはいいかもしれないが、「2.0」のおかげじゃないと思うし、きわめて微妙なよろこびだ。

だいたい、「Web 2.0」の読み方がわからないのだ。正しい読み方を教えてくれる人は誰一人いない。ネットや新聞でそれを目にするたびに、仕方がないので適当に自分なりの読み方をしていたのだった。

「ウェブ・ニーテン・ゼロ」

それが正しいと思って自分のサイトにある日記にそのことを書いたところ、ある人からメールをいただき、「自分はウェブ・ニーテン・レイ」と読んでいると聞いてひどく驚いた。たしかに、「ニーテン・ゼロ」では、日本語と英語の発音が混じって奇妙である。どちらかに統一すべきだとしても、「ニーテン・レイ」はどこか変じゃないだろうか。メールをいただいた方はこう書いている。

「ニーテン・レイは、視力検査みたいです」

まったくである。すると、「Web 2.0」もまたうっかりしていると、視力検査のなにかなのかと思って、視力矯正の話だと考える者が出てきてもおかしくない。

「これからは視力だな。ネットもさあ、やっぱ、視力だから、これからは。やっぱ、ニーテン・レイってことだから、いまはもっぱら」

言っていることがよくわからないのである。

正しい読み方が知りたい。だが、知らないというのも奇妙な話で、その業界筋の方は仕事をする際に声に出して発しているのかもしれないが、演劇をやっている私は、そんな言葉を日常的に使っていない。たとえば大学の演劇の授業で次のように話すことがあるだろうか。

「六〇年代演劇をはじめ、過去の表現が乗り越えられ、そしていま、また新たな演劇の潮流が生まれるとするなら、それこそ、Web 2.0である」

絶対に口にしない。演劇と「Web 2.0」にはなんの親和性もないというか、言っていることの意味がでたらめだからだ。しかもそのとき私がどう発話するかだ。活字やフォントでしか「Web 2.0」を目にしたことがないし、人とのやりとりでそれを口にしたこともなければ、話しているのを聞いたこともない。だから仕方なく、それまで読んできたように口にする。「ウェブ・ニーテン・ゼロ」だ。まったく自信がない。もし口にすることがあるとしたら、うまくごまかそうとするのではないだろうか。だから次のようにもごもご言う。

「ウェフヒーヘンヘロ」

いよいよわからないだろう。ざまあみろという気分だ。そういう気分になるのはいいとしても、それにしたって、「Web 2.0」のことがさっぱりわからない。

そこで、ネット上にある「IT用語辞典」でとりあえず読み方だけでも調べてみたのである。

「読み方……ウェブニーテンレイ、ウェブニーテンゼロ、ウェブツーポイントオー」

どうやら、「ウェブ・ニーテン・レイ」も「ウェブ・ニーテン・ゼロ」も許されているらしい。だが、「ウェブ・ツーポイント・オー」が釈然としない。なんというか、腹立たしい気分を人に与える。なにしろ、「ツーポイントオー」だ。なにを言ってやがる。そりゃあ英語として正しい発音かもしれないが、「オー」がだめだ。「オー」ってことはないだろう。「ゼロ」でいいじゃないか。なにしろ私たちは日本人である。「0」は「ゼロ」であって、「オー」ではない。そのいかした言葉が釈然としない。だから私はあれも許さない。

「ダブル・オー・セブン」

ふざけるのもいいかげんにしろ。なにがダブルだ。だとしたら住所だって、そんなふうに口にする者が出てくるおそれがあるじゃないか。たとえば、「荒川区南千住二丁目三十三番地七号」のことをこう発音する者がいたらどうなんだ。「荒川区南千住」とそこまではいいが、それに続けて、ばかものは言う。

「ツー・ダブル・スリー・セブン」

って、ま、いいけどさ、どう言おうと勝手だし、ことによったら英語ではそう発するかもしれないが、そんなやつの住所にぜったい手紙は送りたくないのである。

それでいろいろ調べているうちに、「Web 2.0」とは、技術的な進化というより、ウェブ全体のコンセプトが、それ以前のウェブのあり方から変化したことを示していることがわかってきた。いわば、パラダイムシフトである。だから呼び方はほかにもあったはずで、たとえば、「新ウェブ」でもよかったのじゃないか。あるいは、「これからのウェブ」でもよかったし、なんなら、「ウェブ未来派野郎」とか「ウェブウェブウェブ」でもよかったのだ。だが「2.0」だったところが見事なネーミングだ。「次」は、「2.0」なのである。いまが「1.0」であり、次に来るのは、「2.0」だった。

あたりまえじゃないか。

だからもう、次に来るものは、どんなものだって「2.0」だ。「2.0」にふさわしい世界がもうすぐそこに来ている。

「立ち飲み屋2.0」

いまの立ち飲み屋はもう古い。新時代の「次」の立ち飲み屋を考えなければだめだ。

「座っている立ち飲み屋」

だが、問題なのは、それはただの居酒屋になってしまうことだ。ではどうしたらいいのか。

「立っているだけで、飲まない」

画期的な立ち飲み屋である。なにしろ、飲まないのだ。だが、いったいそんな店を誰が必要とするのだろう。酒が飲めない人だろうか。そんな人は立ち飲み屋に行かない。なかなかに「立ち飲み屋2.0」はむつかしい。じゃあ、「金魚すくい2.0」はどうか。それでだめなら、「エレベーターガール2.0」はどうなんだ。まあ、なんでも「2.0」をつければ画期的なことになっている。未来志向である。先端的である。

「2.0」は万能である。

「2.0　2.0」

まさに視力検査だ。意味はよくわからない。そして、問題なのは、「2.0」があるのなら、一気に、「5.0」ぐらいまで先に行ってもいいのじゃないかということだ。

「温泉5.0」

ものすごい温泉である。湯が熱いのである。尋常ではないほどに熱いのだ。

YouTube

いまさら語るまでもないが、「YouTube」は、いろいろな意味できわめて面白い。以前からネット上にPVなどのビデオが観《み》られるサイトがある話は聞いていたが、やはり有名な「Free Hugs」のビデオを人から紹介されたのがきっかけだったと記憶する。その後、やけに「YouTube」にはまったのは、おそらく誰もが経験しているだろうが、なにかキーワードを入れてサーチするとまさかと思うような映像が見つかるからだ。

そこで、このキーワードだったらどんな映像が見つかるか、言葉を選んでサーチするのが面白くなった。たとえば、こんな言葉を検索してみる。

「暴れ」

すると、ほどなく結果が出た。いくつもあった。「暴れざんちき」はバンドのようだが、なかにはこんなものもある。

「和田町暴れ太鼓2004」

たしかに映像を観ると、太鼓が暴れている。というか、太鼓を乗せた御輿《みこし》のようなものを担いでいる人たちが、その御輿を倒したりしているのだ。これは暴れている。堂々とした暴れだ。見事なほどの「暴れ太鼓」だ。「暴れ太鼓」があるかと思えば、「暴れネコ」もあった。そして次の映像のタイトルはひどく長い。

「変り種花火：噴出線香・八発扇型連斜炮《ほう》・スペースロケット・ミックスぶんぶん蜂《ばち》・暴れ蛍・友誼塔《ゆうぎとう》」

もうこうなるとよくわからないが、まあ、花火の映像だろう。ただ気になるのは、「噴出線香」である。線香が噴出する図がどうにも想像できない。じゃあ、「ミックスぶんぶん蜂」はいったいなんだ。

ほかにも、「巨人 シピンが大暴れ！」といういつの時代の映像かわからないものもあるし、「ジャーナリストが大暴れ」という端的なものから、ただ、「暴れ」というだけのしごくシンプルなタイトルの映像もある（ちなみに「暴れ」はかなりよくできた作品だ）。

では、英語だとどうだろうと思って、たとえばこんな言葉を入れてみた。

「anji」

ポール・サイモンが演奏したことで有名なギター楽曲のタイトルだが、出てくる出てくる、世界中のギター好きがコピーしている。

「うまい人もいれば、だめな人もいる」

まあ、当然そうなるのだろうが、むしろ、どんな状況で撮影されているか、どんな状態で演奏しているかが興味深い。もっとも印象に残ったのは次の人だ。

「手前にあるテーブルでギターが見えない」

まあ、音さえ聞こえればいいとはいうものの、映像を配信するんだから、少しは考えたほうがいいのじゃないだろうか。

けれど、こうして「YouTube」をテーマに原稿を書こうとすると、そこにいくつもの困難があることがわかった。まずなにより問題なのは次のようなことだろう。

「いつまでも観てしまう」

つい観てしまうのだ。ちっとも原稿を書かずに、ただただ、「YouTube」を観てしまう。なにか書く材料を探そうと思っているのに、いつのまにか原稿のことなど忘れ、気がついたら一晩中観ていたのだった。いったい、この時間をどうしてくれるんだ。

このテーマはまずい。「YouTube」がいま危険だ。たしかに、原稿を遅らせる要因はほかにも数多く存在する。たとえばこんなこともきっとあるだろう。

「荷物が次々と届く」

そんなふうに書かれてもよくわからない状況だと思われるかもしれないが、それも原稿を書く上ではけっこう面倒な事態なのである。まず、Amazonで買った本が届く。原稿に集中しようとしていると、ドアホンが鳴る。Amazonはペリカン便だ。うちにいつも来てくれるペリカン便の方は、独特な鼻にかかった高い声で、「ペリカン便でーす」と言うのである。

その独特な声が魅力的だ。

声を聞くだけでうれしくなるが、さらに本が届くのである。つい読んでしまうに決まっているじゃないか。そうこうするうち宅急便だって届くだろう。「ここにサインか、印鑑をお願いします」といつもの宅急便の青年は言うのだった。よく届けてくれたと感謝していたら、もう仕事どころではない。ありがたいと思っているところへ、さらに郵便局のエクスパック500が届く。届いた荷物が素晴らしかった。

「黒曜石」

石である。だが、ただの石ではないのだ。Yahoo!オークションで落札した石だ。簡単に説明するために、ウィキペディアから引用させてもらうが、「黒曜石（こくようせき、obsidian）は、火山岩の一種」であり、「化学組成上は流紋岩（まれにデイサイト）で、石基はほぼガラス質で少量の斑晶《はんしょう》を含むことがある」ということだが、なにより次の点が興味深い。

「割ると非常に鋭い破断面（貝殻状断口）を示すことから先史時代より世界各地でナイフや矢じり、槍《やり》の穂先などの石器として長く使用された。日本でも後期旧石器時代から使われていた」

　こんなに興味深いことがあるだろうか。もう、原稿のことなど忘れてしまうのだ。さらにこうもある。

「黒曜石は特定の場所でしかとれず、日本では約60ケ所が産地として知られている。縄文時代の黒曜石の産地としては北海道白滝村、長野県霧ヶ峰周辺や和田峠、伊豆七島の神津島《こうづしま》・恩馳島《おんばせじま》、島根県の隠岐島《おきのしま》などが知られている」

　つまり貴重なんだよ。近場で簡単に見つかるような石ではない。私が落札したのは長野県の方が出品していた石だ。現在では採掘が禁止されており、禁止前に採掘した黒曜石をオークションに出したという。それで私は、原稿も書かずになにをしていたのか。

「石を見ていた」

　見ていたんだ。まじまじと見ていた。ただただ見ていた。そして、その長野県の黒曜石が取れた土地にも私は感心したのだ。

「星糞峠」

なにしろ、「ホシクソ」である。「なにくそ」のような感じである。まあ、関係ないけれど、そういった印象を受けたわけである。だが、その「ホシクソ」こそ日本で有数の黒曜石の採掘地だ。しかもいまは禁止されている。まじまじ見るしかないじゃないか。

まったく原稿が進まない。

だが、そんなこともしていられないと私は原稿に戻ろうとした。今回のテーマは「YouTube」だ。なにか書く材料はないかと探す。そしてまた私は、「YouTube」で、五時間を無駄にしてしまった。

たしかに、「暴れ」を検索したような楽しみ方は、正しい「YouTube」の活用ではない気がするものの、それはそれでいいのだろうし、また、考えてみれば著作権はどうなっているのかといった心配をさせるのも「YouTube」の面白いところだ。

だが、ある映画監督はちがう。

自身が過去に作ったテレビ用のドキュメンタリーが「YouTube」にアップされ多くの人に観てもらえることを歓迎しているという意味の話を聞いた。だとしたら、ひょっとして次のようなことをする者もいるかもしれない。

「自分でアップする」

それで思いだしたが、「黒曜石」を引いたウィキペディアのある人物の項目に、本人しかわからないような経歴が書かれているのを、たまたま見たことがある。そんなに恥ずかしいことがあるだろうか。それを罰ゲームにしたいと私は思ったのだ。

「ウィキペディアに、自分の項目を作って、ものすごく詳しく書く」

それはほんとうに恥ずかしい。

バックアップ

久しぶりにコンピュータのトラブルに見舞われた。バックアップ用に外付けされた、2.5インチのハードディスクが異音をたててクラッシュしたのである。「異音」などという生やさしいものではない。ひどいときになると、キルキルキルーとでもいう、すごい音がした。いまにも爆発するんじゃないかと人を不安にさせる音だ。ハードディスクの内部がどういう構造になっているのか詳しいことは知らないが、いったいどうすればそんな音がするのかわからない。

「異音」

もう、この言葉がなにか恐ろしいものを感じさせる。

「なにかあると異音を出す会社の上司」

そんな会社はすぐにやめたほうがいいと思う。あるいはこんな「異音」もあるかもしれない。

「夜になると、隣の家から、のこぎりをひく音がする」

たいていの場合、夜は静かだと決まっているから、「夜に聞こえてくる音」はどこか怖い。「のこぎりの音」だけではなくあらゆる音は怖いのであって、「隣の家からはさみでしゃきしゃき紙を切る音が一晩中聞こえる」や、「なんだかよくわからないが、午前三時に外からくちゃくちゃなにか食べてる音がする」とか、あと「深夜、どこかから、びよーんびよーんと、ゴム状のものを伸ばしている変な音がする」のもひどく怖いのだ。

夜の音は怖い。

たしかに「夜の音」は怖いが、ハードディスクの場合の「異音」はそれとはまたべつの種類の音だ。つまり、データが消えるという恐怖を人に抱かせる。だから何度かハードディスクのクラッシュを経験している者は音に神経質になる。しかし、なにが「異音」で、なにが「正常な音」か、厳密な定義はよくわからない。

サポートセンターのようなところに連絡をしたからといって音のことを正確にアドバイスしてくれるだろうか。

「どうかしましたか?」とサポートセンターの人は言うだろう。

「どうも音がいけないようです」

「異音ですか?」

「ええ、ハードディスクなんですけどね」

「どんな音ですか?」

どんな、と質問されて、いったいそれをどう表現すればいいというのだ。

「クキックキックキッ、クワーッって感じのね」

それでサポートセンターの人は電話の向こうで黙っている。しばらく沈黙があったあと、あらためて言われるのだ。

「もう一度、お願いします」

「だから、クキッキクッキ、クワーっていうか」

「さっきとちがいますよね」

電話では無理だ。これでは伝わらない。「異音」を口で表現するのは無理である。

つくづく恐ろしいよ、ハードディスクの「異音」は。

だが、ここで一番の問題は、「異音」のことではない。なにより考えなくてはならないのは、「バックアップ用のハードディスク」が先に壊れることである。

いったいなんのためのバックアップだ。

私が使っていたのは、PowerBook G4だが、以前、本体内部のハードディスクが壊れ、修復用のソフトでなんとかデータを救出することができた。けれど、やはりバックアップはしておかなければならない。いつ、同じようなことが起こるかわからないのだ。それで外付けを購入したのである。慎重にそう考えてしたのだ。そのバックアップ用が、本体内部のハードディスクより先に壊れるとはなにごとだ。

つまりそれは、次のようなことである。

「センターのバックアップに入ったレフトの選手が、どういうわけか転んでしまった」

野球のことを知らない人にはなんの話かさっぱりわからないと思うが、センターとレフトの中間あたりにフライがあがったと想像してほしい。どちらかというとセンターの守備位置に近かったのでセンターが捕球体勢に入る。すると、その後ろにレフトの選手が回り込み、まんがいちセンターがエラーしてうしろにボールがころがっても、すぐにレフトがカバーするのが野球のセオリーだ。そのレフトが転ぶ。

それではバックアップにはならないじゃないか。

そこまで書いて私はいま、野球についてなにもわからない人に、このたとえが通じるか不安になったので、べつのたとえを考えたが、ではサッカーだったらどうか。

「主審の目に入らない場所で、ラフプレーがあったと抗議されたので、主審が副審に確認すると、なぜか副審が倒れていた」

これもまったく、「いったいなんのための副審だ」である。いや、だが、サッカーについてなにも知らない人には、このたとえも、よくわからない話になるかもしれない。もっとなにかいいたとえがないだろうか。

「あしたは仕事が早いので、朝の七時に起こしてくれと妻に頼んだが、目が覚めるとすっかり寝坊してしまい、では、起こしてくれと頼んだはずの妻はどうしたのかと思ったら、ベッドのすぐそばで、なぜか倒れていた」

とにかく倒れるのだ。そうなったらもう、仕事どころではない。つまり、バックアップ用のハードディスクが壊れるというのは、「ベッドのすぐそばでなぜか倒れている妻」のことだ。

深刻な問題である。

そして、「ベッドのすぐそばでなぜか倒れている妻」の場合、仕事どころではないと夫はすぐに救急車を呼ぶにちがいない。たしかに私も、「バックアップ用のハードディスク」がクラッシュしたとき、それをなんとか修復しようと思って、いくつかのソフトを使って試みたが、そうしていながら、それが「バックアップ用」だけに、どうも釈然としない。「妻」は家族だが、「バックアップ用のハードディスク」はどこまでいっても「バックアップ用」である。

要するに、「先におまえかよ」だ。

かつて、ロックバンド「シーナ&ロケッツ」の鮎川《あゆかわ》誠さんが、『DOS/Vブルース』という本に書いていた話は興味深かった。鮎川さんは、コンピュータの本体以外、「外付け」の装置が嫌いだという。

なぜなら、「外付け」はロックっぽくないからだ。

その意味を考えはじめるとよくわからなくなるので「ロックっぽい」のことはあまり触れたくないものの、鮎川さんの場合、なにごとも「ロックっぽい」かどうかが基準だ。「外付け」はロックではない。だから当然、外付けハードディスクはだめだし、プリンタやスキャナもだめだ。まして、コンピュータに設置するカメラなんかもってのほかだろう。あんなにロックじゃないものもほかにない。

先日、少し必要なものがあって秋葉原のコンピュータショップに行ったが、通りを歩いているとあるショップで見つけたのは、次のような奇妙なカタログだった。

「サンコーレアモノショップ」

いきなり「レアモノ」と自ら名乗っているのもすごいが商品はさらにすごい。鮎川さんが知ったら怒りだすんじゃないかと思うほどのロックのかけらもない商品たちだ。

「USBスッキリマスク」

なにはともあれ、「マスク」である。だが、コードが出ていてそれをＵＳＢコネクタにつなぐらしい。カタログには、「花粉症にインフルエンザ、冬から春先にかけてはマスクが必需品になっている方も多いのではないでしょうか」とあり、さらに読むとこう説明されている。

「防塵《ぼうじん》マスク形状にファンを二個装備」

つまり、「ファン付きのマスク」だ。鮎川さんはどう思うだろうか。どう考えても、ここにロックは存在しない。

映像の困難

私の手元に、ある貴重なビデオがあるのだった。その話を知人たちにしたところ、YouTubeにぜひともアップしてほしいと要望があった。だが、そこには、YouTubeにいたるまでの様々な困難があるのだ。まず、最初に私の前に立ちふさがったのは、コンピュータとはあまり関係のない障害である。

「映像がベータのテープに入っている」

いきなりの難問だ。ことによったら若い者らのなかには、このことの困難の意味がすぐにわからない人間もいるのではないか。そもそも、「ベータ」がなんのことだかわからない者もいるにちがいない。それはビデオの規格である。いまの主流は圧倒的に「VHS」だが、かつてはソニーが主導していた「ベータ（= Beta)」だって家庭用に広く普及していたのだ。

そしてさらにいうなら、私の家にはかつて様々な映像を録画したものや、あるいはセルビデオのベータがある。なかには、だったらデッキからコンピュータに取り込めばいいじゃないかと簡単に語る者もいるだろうが、そんなに事態は安易ではない。まず、第一の問題がある。

「大量のベータのテープから、目的のビデオを探すのがやっかいだ」

大量にあるんだ。VHSより少し小ぶりのベータテープが、収納に使っている部屋に大量に、しかも、段ボールに納められている。捨てようかと思ったこともあったが、なにか貴重な映像があるのじゃないかと捨てるに捨てられない。大量にあるベータのテープの前で私は途方にくれた。目的のテープを探すとなったら大仕事である。さらに言うなら、もっと深刻な問題がここにある。

「ベータのデッキがない」

かつて私が使っていたソニー製のベータビデオデッキはすでに壊れてもう廃棄した。そして新しいベータのデッキはほとんど製造されていない。それじゃもう、どうにもお手上げだが、そのときひらめいたのだ。

「Yahoo!オークションがあるじゃないか」

驚くべきことにYahoo!オークションにはなんでもある。もう製造中止になったベータのデッキも出品されていた。思わず買った。落札価格が比較的安価だったのは、いまではもう、ベータのデッキを使おうなどという物好きがいないからかもしれない。

ほどなくして出品者から商品は届いてなにかうれしい気持ちになったが、それが地獄のはじまりだとは、私はまだ、気づいていなかったのである。

さて、デッキが準備された。次にしなくてはならないのはテープを探すことだ。こんなにアナログな作業があるだろうか。なぜなら、段ボールを開いて、ただ探すしかないのだ。それをする前に私はやはり途方に暮れていやになっていたものの、なにしろ、デッキまで買ったのだからここで投げ出すわけにはいかない。幸いにもテープには何が録画されているかこまめにメモがしてある。これでもしメモがなかったら、いちいちテープを再生させ中味を確認しなければならなかった。昔の自分に感謝した。よくぞメモをしておいてくれた。そして、メモをしていた者に奇跡は起こるのだ。

「最初に空けた段ボールの一番上に、目的のテープがあった」

そんなばかなと人は言うかもしれないが、あったんだからしょうがないじゃないか。三十箱ぐらいあるベータテープを納めた段ボールの、最初に空けたそれにテープはあった。奇跡だ。その段ボールのことを、きっといつまでも私は忘れないだろう。段ボールにはこんな印刷がなされていた。

「鹿児島」

なんのことだかわからない。とにかく大きな文字とよくわからないデザインと色で

「鹿児島」と印刷されている。鹿児島特産のなにかを詰めた段ボールを、引っ越しのおり、スーパーかなにかでもらってきたのだろうか。だが、もう二十年以上も過去の話だ。記憶にない。けれど私はつくづく、鹿児島に感謝した。ありがとう、鹿児島。だが、そんなことはいまはどうでもいい。なにしろ、「鹿児島」と「YouTube」はなんの関係もないからだ。

さて次にやらなくてはならないのは、テープに収められたある貴重な映像をコンピュータに取り込むことである。もちろん私は、ビデオテープをキャプチャーする機材があるのを知らないわけではない。結果的にはそのほうが楽に作業は進んだかもしれないが、なにしろYahoo!オークションでデッキを買っている。これ以上、このことに出費したくはなかったのだ。そこでベータのデッキをDVDに繋《つな》ぐことを思いついた。DVDに焼いてそれをコンピュータに読みこませる方法だ。そのとき、DVDではなく、ビデオカメラで取り込むことを思いつかなかったのをつくづく後悔するが、それはまあ、いいとしよう。最終的にDVDをコンピュータに読みこませ、そして取り出すことができたのは、拡張子が「VOB」というファイルだった。

この拡張子の名前がなんだか不愉快だ。どこか「VIP」をイメージしてしまうし、なんといっていいかわからないが、洋酒かなにかをつい思い浮かべさせられるからだ。そんなものはいやだよ。「VOB」ってことはないじゃないか。しかも、大半の拡張子が小文字なのにこいつは大文字である。なんだかえらそうだ。だいたい、これはどう読めばいいのだ。拡張子の多くは読み方がわからないものの、これをつい「ボブ」と口にしてしまったらと思うと、いよいよ気分が悪い。いまはそのことにこだわっている場合ではなかった。ともかく作業を進めなくては。最終的には、「YouTube」にアップするため、拡張子「flv」のファイルにしなくてはいけないのだと、なにかの情報を読んで知っていたが、となると、こんどはファイルを変換するソフトが必要になる。もっというなら、その映像を少し加工し編集したいので、「Final Cut Pro」で読み込めるファイルにしなければならない。

面倒なことは次々と続くのだ。

いよいよ状況は佳境である。ファイルを変換するソフトにも様々あるのを知ったが、とりあえず「VisualHub」を用意した。これはとてもすぐれている。変換することで言えば、逆に、YouTubeから取得した映像もべつの形式に変換してくれる。もちろん私は登録ユーザーだ。それで、「VOB」のやつをいきなり、「flv」のファイルにするのではなく、Final Cut Proで編集するため、何種類かのファイルにしてみたが、たとえば、「MP4」にしてもそれを、Final Cut Proが読み込んでくれない。映像の基本的な原理がわかっていないのでなにをどうすればいいかさっぱりわからないのだった。

そして変換をするたびに待つのである。

私は予想した。この先、いつかきっと、「レンダリング」のやつに出会うだろう。それできっと待つことになるが、ファイル変換だけでもいったいどれだけ待てばいいというのだ。

私は待った。ただただ待った。

もう、なにをどうしたか忘れてしまったが、Final Cut Pro に読み込ませるためのファイルを作るために変換の作業をいくつか経て、そのたびに待ち、そして、なにかのファイルを QuickTime ムービーにするために待った。あげくの果てに、Final Cut Pro で編集し、レンダリングで待った。

ここに奇跡は起こらない。

なにしろ、ベータのテープを探すときには奇跡が起こったじゃないか。「鹿児島」は偉大である。私を待たせなかっただけでも、「鹿児島」のふところの深さに私は心を打たれる。「待つ」に奇跡はない。ただただ、人は「待つ」ほかないのだ。

そしてようやく、YouTube にアップしても問題のないファイルが生成された。それは長い道のりだった。しかも、もう一度やれといわれてももうよくわからない。なぜなら、私が記憶しているのは、ただ、待っていたことだけだからだ。

ブログを考える

自分のサイトに私は膨大な日記を書いている。あるとき知人から、なぜ、あれほど原稿料にならない日記（＝ブログ）を書いているのかと質問されたことがある。たしかに、日記を公開する行為は、「ブログ」という概念がなかったころには奇異なものとしてあった。なぜ自分の日常をネットで公開するのか。

私はその質問にいつもこう答える。

「あれは、野球で言ったら、いわば素振りです」

あるいはこうも答えられる。

「あの日記は公開スパーリングです」

ところが、質問者は、「でも、素振りにしては、ずいぶん力が入っているじゃないですか」と言ったのだ。このばかものめが。いいかげんな気持ちで素振りをするプロ野球の選手がいるものか。一振りに魂を注ぐのがプロの素振りだし、ボクサーのスパーリングだって真剣そのものだ。

ただ、「ブログの女王」のようなものに私はなりたくはない。なぜなら、私は男だからだ。だったら私は次のようなものになりたいと考えている。

「ブログの大将」

こうなるともう、「裸の大将」のようなものである。裸で素振りだ。汗が飛ぶのだ。それがあの膨大な日記である。

ある種類の「ブログ」をたまたま発見すると、そこからリンクをたどり、似た種類のブログを読むことができるのはよく知られている。個人的に私は「ウェブデザイン」に興味があるので、そうした種類のブログを読みにゆけば、そこからリンクをたどって、たとえば、「CSS」について解説するブログをいくつも読むことができる。

ただ、専門の「演劇」に関するブログはほとんど読まない。なぜなら、なにか不愉快な気持ちにさせられるからだ。なかには私の舞台について好き勝手なことを書いているやつもいるし、それに反論してもいいが、反論するのはかなり愚かなことである。

そりゃあたしかにわがままさ。わがままのなにが悪いと私は言いたい。だって、ブログの美徳のひとつとは、「読みたくなかったら読まなきゃいい」があるじゃないか。

だから私は、「株式投資に関するブログ」なんてものを読まない。やはり、投資で儲《もう》けているやつの話は不愉快だからだ。あるいは、そんなものがあるかどうかわからないが、「女にもてもてて困っちゃうブログ」があったとしたら、それも読まない。いよいよ腹立たしいではないか。

いま私が夢中になって読んでいるのは次のようなタイトルが付されたものである。

「格差社会底辺からものすごい勢いで這《は》い上がるブログ」

この、人を圧倒するような、タイトルからにじみ出てくるエネルギーはいったいなにごとだろう。なにしろ、「ものすごい勢いで這い上がる」のである。その勢いには、やはり人をいやな気持ちにさせる部分もあるが、だけど、「もてもてて困っちゃう」ようなやつとはまったく異なる。なにか好感が持てるから不思議だ。ブロガーのプロフィールには次のような言葉があった。

「三十路《みそじ》目前にして借金地獄に落ちる。半年間期間工として服役し、自力で多重債務脱出。出所後、最強のビジネスパーソンとなるべく営業の世界へ。」

そして、ブログ上の名前がさらにある。

「底男」

これはだめだろう。かなりだめだったんだろうと想像させる名前だが、それが魅力だ。だめだった人の話はなぜか人を魅了してやまない。たしか、プロフィールの最後、「最強のビジネスパーソンとなるべく営業の世界へ」という言葉はかつてはなかった。

最近になって努力の末に就職が決まったらしい。以前はもっと、悲惨なことになっていたのだ。

がんばってると思いつつ、面白さが半減したと残念にも思った。もっというなら、どこまで落ちていってしまうのか、人間の激しいドラマを期待してもいたから勝手な話だ。

そして、やはり、同じような種類の人たちのサイトにここからたどりつくことができる。

「さよなら　ニキビちゃん」

意味はわからない。ただ書いているのはまちがいなく「ニキビちゃん」だ。そしていくつかのサイトやブログがリンクされていた。そのタイトルが素晴らしい。たとえばこれはどうだ。

「無職で暇」

このストレートな言葉にぐっとこない人間がいるだろうか。なにしろ、「無職」なのである。おまけに「暇」だ。無職だから暇なのは当然だと考える者には、この切なさがわかるわけがない。だったらこれはどうだ。

「26歳無職の上に低学歴借金120万円…」

もう涙なしにこれを読めるだろうか。

さらにランダムにブログのタイトルを書きあげていってみよう。

「三十路ダメ男通信2」「坂本の転落人生」「37歳　今日も一人ぼっち」「徒然崖《つれづれがけ》っぷち日記R」「とある下流社会生活者の独白」「地下墓地」「フリーター300万の借金」「21歳無職童貞のダメ日記」「職業欄は無職」「おやじ製鉄日記」「無職革命」「社会の底辺から」「若ハゲ」「脱喪計画」……。

書き出していったらきりがないが、これはもう現代の縮図である。格差社会がここにある。もちろん私は、彼らの苦悩を理解するとか、まして同情するなどといった立場にあるものではない。むしろ、この「だめ」を讃《たた》えたい気持ちになっているのだ。

本人にしたら苦しいだろうさ。その多くがそこからの脱出を計ることを綴《つづ》っており、その努力にも感服するが、それはそれとして、ここまで「だめ」をブログにしてしまう意志に感服している。たとえば、「職業欄は無職」のある日のブログを読んでみよう。

「教習中にうんこ漏らしそうになった」

おそらく就職活動のため、自動車免許を取得しようと教習所に通っているときのことを書いたのだろうが、それはだめだ。ひどくまずいことになっている。だって大人なんだし。

だが、そこにこそ、彼らの魅力はある。

よくよく考えてみれば、「ブログ」の正しい定義を私は知らない。そしてこれからブログがどう変容してゆくのかもよくわからない。むしろ、そんなことを考える気もないと言っていい。

いまネット社会では、「Web 2.0」ということになっているらしい。ブログのありかたも問い直されているらしいが、そんなことは知ったことかと言いたい。ただ私は、「37歳　今日も一人ぼっち」とか、「おやじ製鉄日記」といったものが読みたいだけだ。そして、「教習中にうんこ漏らしそうになった」という人のことを想像するのが面白くてしょうがない。

様々な人がブログを公開している。そのすべてを肯定するわけではもちろんないし、むしろ否定すべきブログのありかたもある。仲間うちだけで通用する言葉で書かれたブログは、その仲間うちで読まれるぶんにはかまわないだろう。だが、外に発する意味はたしかにわからない。

「てんてこの鶴《つる》さんが来て、って、土曜はメンケルだったから、くーっと、中野の例のほんまかで、ぽぽぽぽと、軽くやって、ぐたっとなったら、それで私も、すぐに、きゅう」

なにを言っているのだおまえは。だけど、そんなことにいちいち文句を言う筋合いも私にはない。

でもいいんだ。それでいい。ここには人の想像力をかきたてる何物かが存在する。すべてを正しくわかろうとしたって無理に決まっている。なにしろ、「てんてこの鶴さん」である。これが人なのかも定かではない。

プロは七〇センチ以上

かつて、Power Mac G5が家に届いたとき、梱包《こんぽう》された箱がどれほどの大きさだったかもう忘れてしまった。たしか、四角い箱だったように記憶しているが、それはそれで大きかったはずだ。だが、「Mac Pro」は、さすがに「Pro」だけのことはあると思った。それが届けられたとき、私は思わず声にした。

「箱がでかい」

黒を基調にデザインされた箱をメジャーで計ってみると、ざっと、高さ七〇センチ、幅が五八センチ、奥行きが三二センチである。四角い立方体を想像していたので、この縦の長さに驚かされた。やはり、プロにはこれくらいの高さがなくてはだめなんだなと私は思った。つまり、プロとは七〇センチ以上のことだ。

プロという言葉を聞いて人がすぐに思い出すものにゴルファーがいるだろう。なかでもプロらしいプロと言えば、誰もが知っているあのことにちがいない。

「プロゴルファー猿」

なにしろ、いきなり「プロゴルファー」と名乗っているのだから、プロであることにまちがいない。藤子不二雄Ⓐ氏のゴルフ漫画らしいが、名前は知っていても詳しい話の内容を私は知らない。だが、たとえ猿だとしても、身長は七〇センチ以上だったのではないか。

それで資料にあたったところ、「プロゴルファー猿」は、「猿」のくせに人間だった。しかも名前がすごい。

「猿谷猿丸」

これはもう、「猿」と呼ぶしかないだろう。知人の女優に「犬山犬子」という者がいて、だからなんだと思われるかもしれないが、どちらがすごいかと言ったら、やはり「猿谷猿丸」だ。しかも、プロゴルファー猿は、驚くべきことに常に裸足《はだし》だという。そこを資料から引用させてもらおう。

「シューズをはかない。猿丸の野生児ぶりを象徴するスタイルでもある。足で芝目を読むことも出来る」

ものすごいことになっているのだ。

さすがにプロである。プロゴルファーと名乗るだけのことはあるが、しかし、いまは猿のことなどどうでもいいのだ。「Mac Pro」だ。箱もでかいが、性能もすごいだろう。「Pro」にこめられた意味はさまざまにあると思われるが、私はいま、映像制作のために「Mac Pro」を使おうとしている。そのでかい箱から丁寧に本体を取り出すと配線などのセッティングをし、そして、その起動ボタンを押したのである。

いまや多くの表現の現場で「映像素材」をコンピュータで制作するのがあたりまえになっている。自主制作映画といえば、かつてなら低予算なのが普通だった。贅沢《ぜいたく》な機材は使えなかったから8ミリフィルムで撮影することが多かったし、少し予算があれば16ミリだ。だが、デジタルの世界がまったく考え方を変えたのではないか。いま自主制作映画を作る者にしたら、性能のいいデジタルビデオカメラと、コンピュータさえあれば、ちょっとした作品は気軽に作れるにちがいない。

たしかに、8ミリフィルムには独特の味があってそれを好む者もいまだにいるが、合理性を考えたらデジタルだ。実際、私も二年ほど前に自主制作映画を作って、アップルのビデオ編集ソフト「Final Cut Pro」の便利さに驚かされた。8ミリ映画を編集するときの、あのどうでもいいような失敗のことをいま自主制作映画を作る者の多くは知らないだろう。

「編集し、あとで貼《は》り合わせようと思って保存しておいたフィルムが、どこにいったかわからなくなる」

数秒のカットだ。それがどこかにいってしまうのだ。フィルムの長さにすると十数センチだと思われるそれが、使わないと思って捨てたフィルムにまぎれてしまうのである。それを探すあの苦労はいったいなんだったんだ。フィルムをいちいち目で確認する。なにしろ相手は8ミリフィルムだ。よく見えない。とんでもない不合理である。

ほかにも苦労はまだ数多くあった。

「編集機でフィルムをチェックしているとき、巻き取る側に小さなリールをつけているのに気がつかず、しばらく巻き取ってしまう」

これだけ書いてもなんのことだかわからないと思うが、要するに、大きな器から、小さな器に水を注いだら当然のように水はあふれる。ああいった状態を想像していただきたい。

小さなリールからフィルムがうまい具合にあふれて巻き取られ、しかし、リールから大きくはみ出している。そっと元に戻そうとするが、たいていその場合、だーっとフィルムが崩れる。水があふれるのと同様の状態だ。あの茫然《ぼうぜん》とした気分は、デジタルの世界ではけっして存在しないだろう。

しかし、アナログ時代の苦労を文章にするのはきわめて難しい。それを経験したことのある人ならぴんとくると思うが、こうして書きつつ、あの苦労を共感してもらえるかどうか心許《こころもと》ない。では、デジタルだったらまったく苦労はないかというと、デジタルもまた、同様のことがあるのを私は知っている。

「ファイル名をいいかげんにつけたので、編集するとき、探すのに苦労する」

あの編集して保存しておいた8ミリフィルムがなくなるのと同じような失敗である。まあ、単純に考えれば、これはもう人為的なミスであり、要するにファイル名をつけるときのいい加減な態度が逆に時間を浪費させる。そして、人がデジタルによる作業において、いかに「時間」を意識せざるをえないかは、もうしばしば書いてきたことだ。だから人は奇妙な時間を経験するのである。

「レンダリングのあいだ、ただ、ぼーっとして待っている」

人はただ待つのだ。なにかほかのことをしていてもいいはずだが、レンダリングの進行がどうなっているか、なぜかディスプレイをじっと見てひたすら待ってしまう。ほかにもっと有益なことをしてもいいのではないだろうか。

「植樹運動をする」

山に入って、木の苗を植えたほうが、人として正しいと思うのだ。

「親孝行をする」

ディスプレイを見てぼーっとしているくらいなら、両親の肩をもむぐらいのことをしてもいいはずである。両親が遠い土地に住んでいるのなら、電話の一本もすればいい。

しかし、そうしたデジタルにおける「時間」の問題への回答こそが、新しいMａｃだ。「Mac Pro」だ。レンダリングだって速い。なにしろ繰り返すようだが、「プロ」である。どんなものでも、「プロ」はすごいと決まっているのだ。

新しいMａｃを手にするたびに、梱包された箱をどうするか悩むのである。たしかにマシンとしての「Mac Pro」さえ使えればいいとは思うものの、箱もまた、捨てるのを躊躇《ちゅうちょ》させるほどいいデザインだからだ。

けれど、繰り返すようだが、「高さ七〇センチ、幅が五八センチ、奥行きが三二センチ」だ。でかいんだよ。どんなにモノがあっても邪魔にならないほど広い家に住んでいる人ならいいだろうが、この国では、「高さ七〇センチ、幅が五八センチ、奥行きが三二センチ」の箱を、デザインがいいからといって飾っておくほど余裕のある家はめったにない。

だとしたら、捨てずになにかに利用する方法があるのではないか。

「踏み台にする」

そんなことをして、スティーブ・ジョブズに怒られはしないだろうか。だったら、ベッドにするのはどうだろう。いくらでかい箱でもベッドにしては小さいが、それくらい我慢してもいいのではないか。なんとなれば、箱の中にもぐりこんで寝てもいいではないか。なにしろそれは、「Mac Pro」の箱なのだから。

PowerBook と旅

このところ仕事で遠出をすることが多かった。札幌《さっぽろ》に何度か行ったし、つい先日は、島根の松江で仕事があった。こういうことがあると、人はつい、「旅」についてなにかを書きたくなるのではないか。だから、うっかりしていると、旅先での出来事を「いい感じ」で書いてしまうと想像する。それはたとえば、次のようなタイトルのエッセイである。

「旅と、荷物と、温泉と」

なにか「いい感じ」だが、これでは、旅のことをただ並べただけではないか。だったら、「旅と、切符と、改札口と」はどうだ。旅といってもすごく近い。家から十五分ぐらいの旅だ。切符を買い、改札口を前にしたところで「旅のエッセイ」が終わる。いったい、なにが書きたかったのか誰にもわからない。

ここでのひとつの問題は、言葉を「と」でつなぐと、なんとなく「いい感じ」になることがあげられる。それがいけない。だったら、「私と、あなたと、知らない人と」

はどうだ。その場にいる人、全員である。とにかく並べる。並べればなにか書けるような気にさせる。

「首と、足と、足首と」

これは、全身のことである。いったいどんなエッセイだ。

たしかに、「と」の問題は深刻だが、ここであらためて考えなければならないのは、やはり「旅」のことだろう。

これは以前、べつの場所にも書いたことがあるが、それは単に「旅行」という意味だ。それを「旅」と言葉にしたとたん、なにかしみじみするのがだめだ。たとえば、人はうっかりしていると、「旅から旅の、旅がらす」と口にしてしまうが、意味としては、「旅行から旅行の、旅行がらす」である。さらに考えれば、「旅行がらす」の意味がよくわからない。だから、こういうことになるのではないか。

「旅行から旅行の、よく旅行する人」

そりゃあそうだろう。そんなことはわざわざ念を押して言われなくてもわかっているのだ。試しに辞書で「旅がらす」をひくと、そこには、「旅をしつつ暮らしている人」とある。だとしたら「旅行から旅行の、旅行をしつつ暮らしている人」になるが、もうそんなことはどうでもいい。

とにかく「旅」はだめだ。この言葉の響きがいけない。だからって、「トラベル」「トリップ」にしてもだめだが、人はどうやら旅行をすれば、なにか書きたくなる。旅行先で知った興味深い土地の話があるかもしれない。あるいは、土地の美味《おい》しいものを食べるかもしれない。そして、誰かと出会うかもしれない。

そんなことのなにが面白いのだ。

旅行とくれば、「PowerBook は重い」だ。それ以外に、なにを書くことがあるというのだ。重いんだ。とにかく重い。だからといって、こんなタイトルのエッセイもまずいと思うのである。

「旅と、重さと、人類と」

意味がわからない。

札幌はもちろんだが、松江に行くにも飛行機を使った。それで「離陸時」と「着陸時」には、すべての電子機器を使ってはいけないことになっている。携帯電話をはじめ、電波を発するものは、飛行にあたって機器に影響を与えるという理由でフライト中、ずっと電源を切るよう注意されるが、「離陸時」と「着陸時」は、特に危険なのだろう。なにしろ、「すべての電子機器」だ。

いくら小さくても、iPodもだめだ。電子辞書も、「電子」というくらいだからだめなんだろう。ほかにも電子手帳がだめだ。電卓もだめなんだろう。だとしたら、当然、PowerBookはもってのほかである。

つまり、PowerBookは、重いばかりか、飛行機では危険な物体になる。

もちろん、「離陸時」と「着陸時」以外だったらいいはずだが、札幌までの飛行時間は一時間十分ほどだ。松江から羽田に戻るのは、一時間だった。それで、「離陸時」と「着陸時」にあたるのが、それぞれ、約十五分、合わせて「三十分」だ。ほとんど使えないのである。しかも、電子辞書や電子手帳は、カバンから取り出せば簡単に使えるかもしれないが、PowerBookはそうはいかない。起動の時間がある。まして、不器用な人なら、カバンから取り出すのに時間がかかり、またたくまに時間がなくなってゆく。

まったく、PowerBookは恐ろしいよ。

なにしろ、飛行機のフライト中はほとんど使えないのだ。使えたとしても二十分ほどではないか。なかには、ものすごく不器用な人がいて、あの狭い椅子《いす》に座った状態でなにかしようと思ってもなにもできないかもしれないのだ。離陸後、十五分ほどが過ぎて、ようやくシートベルト着用ランプが消える。それでPowerBookが使えると思いカバンから出そうとするが、そうは簡単にはいかない。なぜなら、それが、すごく不器用な人だからだ。

まず、カバンは、座席上の荷物入れか、前の座席の下に入れておかなければならない。不器用な人は、荷物入れから出すのは大変だと考え、たいてい前の座席の下にしまうだろう。それを出すところから困難がはじまる。うまく出てこない。よしんば、必死にカバンを出したとしても、今度は、カバンからPowerBookを出すのが問題になる。そこにやってくるのはスチュワーデスである。

「飲み物はなにがよろしいですか」

この大事なときに、時間をむだに使わせようと彼女らは残酷にもそんなことを不器用な人に質問するのだ。

不器用な人が、なにを飲むかすぐに答えられると思ったら大間違いだ。コーヒーがいいだろうか。だが、ホットコーヒーを飲むのは時間がかかる。だからって、アイスコーヒーを頼んだとして、あのガムシロップというやつを、不器用な人はうまく入れられるだろうか。これまで一度だって入れられたことがない。だったら、オレンジジュースや、ウーロン茶でもいいはずだが、あまりに不器用なため、つい、「アイスコーヒーをください」と言ってしまうのである。

もうだめだ。

ガムシロップってやつをどう扱えばいいか考えてもよくわからない。そもそも、いま膝《ひざ》の上にはカバンに入ったPowerBookがあるのだった。だが、飲み物を出されたので、そのカップをなんとかしなくてはならない。そこで、あの、名前がなんというかわからないが、小さなテーブル状のものを倒して、カップを置いた。置いたはいいが、では、PowerBookの入ったカバンはいま、どこにあるかだ。膝の上である。幸いなことにまだ膝の上にある。つまり、膝と、あの小さなテーブルのようなあれのあいだにカバンがあるが、当然、その隙間《すきま》は狭いので、あのテーブルのような、あれが、少し前に傾斜してしまう。すると、アイスコーヒーの入ったカップがいまにも倒れんばかりの状態になる。

そんな状態を、不器用な人がうまく乗り切れるわけがないではないか。もう、どうしていいのかわからない。しかも、ガムシロップってやつを入れなくてはいけないが、あせればあせるほど、ガムシロップってやつの、上の、あの、ぴりぴりっと剝《は》がすところが、うまく剝がせない。

時間が刻々となくなってゆく。

コーヒーはこぼれそうだが、ガムシロップってやつはやっかいだ。不器用な人は追いつめられる。PowerBook は、ほんとうに恐ろしい。ものすごく不器用な人はこの世界に、私を含めて、おそらく五億人はいる。

Ｍａｃ入門

人はしばしば逆風のなかに立たされる。本誌もそうだ。だが決してひるんではいけないし、もちろんあきらめてもいけない。これもひとつのチャンスである。逆風をバネにして次のチャンスをうかがえばいい。じっと我慢し、そこで私は、その我慢の時間にあらためて「入門」しようと思ったのだ。

なにに入門するのか。もちろん「Ｍａｃ」である。初心を忘れてはいけない。こんな時代だからこそ、誰もがあらためて、「Ｍａｃ」に入門しなければだめである。

そもそも、「入門」とはなんだろう。辞書をひくと、まず最初にある語義がすごい。

「門の中にはいること」

そんなことは教えられなくてもだいたいはわかっている。さらに、「教えを受けるために、弟子になること」「入学」「その事に初めてとりかかること」「そのための手引き」とある。私がしようとしているのは、「その事に初めてとりかかること」に近い。たしかに私はもう何年もＭａｃを使っているが、何年もＭａｃを使っている者が

「入門」していけない理由はない。

気持ちの問題だ。

なにより大切なのは「入門したい」という気持ちである。私は「入門」したい。あらゆることに対し「入門」がしたい。だから私は、こんな本を読みたいとすら思っている。

「入門入門」

まあ、こうして書くと、なんのことだかさっぱりわからない。もう少しべつの書名にすれば、つまりそれはこうなる。

「初心者のための入門」

だが、いくら言い方を変えても意味ははっきりしない。つまり、「入門というもの」に入門しようとする「入門初心者」のための入門書である。だから、「入門基礎」とか、「はじめての入門」「入門その第一歩」、さらに、「中高年のための入門」とか「入門中級編」とか、もうこうなったらなんでもいいが、とにかく、「入門というもの」をしたいわけだ。私は「Ｍａｃ」に入門したい。いまこそ入門しようと思うのだ。

そして人は知らなくてはいけない。経験があると思いこんでいても、わからないことも数多くある。もちろん「Ｍａｃ」に限らない。たとえば、冷蔵庫について人はどれだけのことを知っているだろう。

「ものを冷やす」

そんなことを知っていたとしても、冷蔵庫を深く理解しているとは言いがたい。では、自転車について人はどれだけ知っているか。

「よく盗まれる」

たしかにそうだ。だとしたら、冷蔵庫についてこうも言える。

「あまり盗まれない」

さらに言うなら、「自転車」は「ものを冷やさない」が、そんなことはもうどうでもいい。どっちにしても、その程度の知識ではものを理解しているとは言いがたい。

では、「Ｍａｃ」はどうだろう。かなり長いあいだ私も「Ｍａｃ」を使っているが、考えてみれば深く理解しているか心許《こころもと》ない。勘を頼りに使っていた。そこがＭａｃのいいところでもあり、しばしば人が言うのは、直感的に使えるところがＭａｃのよさだ。だが、「ショートカット」をすべて記憶しているだろうか。すべて知っている必要がないと言われればそれまでだが、知っていればとても便利である。

「コマンド＋Shift＋３」

いわずと知れた、画面のキャプチャーのためのショートカットである。たしかにこれは便利だが、いったい、どういったときに便利かよくわからない。たとえば私は舞台をやっているが、フライヤーを作るに際し、デザイナーさんから送られてくるのは、イラストレーターのデータだと重いという事情や、おそらく相手がイラストレーターを持っていないかもしれない事情もあってか、キャプチャーした画像がメールに添付される。これはたしかに便利だ。「コマンド＋Shift＋3」である。ファインダー上の画面がファイルに収められる。しかも、カシャッと音もして、あたかも写真を撮っているかのようだ。気持ちがいい。なんどもやってしまう。「コマンド＋Shift＋3」を繰り返す。

デスクトップに尋常ではない数の「ピクチャ.png」というファイルが出現してしまうのだった。

しかも、いくら画面をキャプチャーしたところでそれほど使い道はない。なにしろ私は、グラフィックデザイナーではないし、あるいは、コンピュータ雑誌に技術的な記事を書くためキャプチャーが必要になるような者でもない。なにかほかに使い道があるのだろうか。もっと日常的に便利な意味があるのかもしれない。私はそこまで深くＭａｃを理解していない。いったい、「コマンド＋Shift＋3」とはなんだろう。

ここらあたりを、やはり「入門」しなければだめだ。私はＭａｃについて、実はなにも知らないのではないだろうか。いまこそ、「入門ということ」をしてみたい。Ｍａｃについてもっともっと入門ということをしたいのだ。

だからこそ、メニューバーにある「ヘルプ」をより活用しなくてはいけない。私は正しい「ヘルプ」の活用をしていただろうか。なにしろ、「ヘルプ」である。いってみれば、メニューバーで声を張り上げる頑固者がいるようなものだ。

「助ける」

たしかに、頑固者はやぶからぼうなことを言っているが、助けられたい気持ちになるときもあって、さほどたいした内容ではないが、困った状況に陥ると「ヘルプ」を使ったことはある。そこに出現するのが、驚くべきことに、「ヘルプビューア」だ。助けるを見せてくれる。なにからなにまでお膳立《ぜんだ》てされているのだ。それを活用しないで、なにがＭａｃのユーザーだ。そこに入門すべきＭａｃの肝というべきものがある。だから、「ヘルプ」をすべて読むぐらいのことはしなければだめだ。それでこその入門である。

もちろん、私が使っているのは、PowerBook G4で動く「Mac OS X Tiger」だから、そのヘルプの最初にはこうあるだろう。

「Tiger の新機能」

いきなりそこからかい。

だが、ちゃんと読まなくてはいけない。むしろ背筋を伸ばして「入門するんだぞ」という気持ちを大事にし、それをまずは読むのだ。たとえば、新機能のなかに、いまだに使ったことのないものがある。

それが、「Automator」だ。

こう説明されている。

「『Automator』は、手動で繰り返し実行していたタスクを、プログラムを記述することなく効率的に実行するのに役立つ、まったく新しい革新的なアプリケーションです。まるで、コンピュータの中にロボットがいるかのようです」

ものすごい機能ではないか。なにしろ「コンピュータの中にロボットがいるかのよう」なのだ。だが、「かのよう」とあるように、コンピュータの中にロボットはいない。それもまた、入門者を驚かせる。

「いないのか」

いればいたで入門者は驚くが、いないことにも驚く。それこそが、「入門というもの」をすることの醍醐味《だいごみ》だ。いちいち驚く。あらゆることに驚く。そうだ、「入門というもの」の魅力とは、「驚くことの再発見」だ。驚きがなくなったら、つまらない。

だから私は入門する。いまこそ、Ｍａｃに入門する。それがこの逆境のなかでの私のやり方だ。

解題とあとがき

コンピュータで文章を書くようになってどれくらいになるだろう。

コンピュータの歴史を考えたとき、ある世代の人びとが最初に思い起こすのは、映画『2001年宇宙の旅』に登場する「HAL」という巨大コンピュータにちがいない。人によって作られた電子的な知能が、逆に人を支配するというイメージは、全体主義を意識した政治的な背景があったし、個人が使うことのできる「パーソナルコンピュータ」という発想はこのテクノロジーを巨大な組織や企業から取り戻すというカウンターカルチャーのなかから登場したことも、いまとなっては、もうすっかり忘れ去られてしまった（ちなみに、「HAL」は「IBM」を、アルファベットの一文字ずつ上げた造語だというのは有名な話だ）。パーソナルコンピュータはごく一般に浸透したし、携帯電話をはじめデジタル機器はものすごい勢いで大衆化し、銀行のATMで金をおろすのだってコンピュータの端末が相手だ。

けれど、十数年前はまだそんなことはなかった。

いつからコンピュータで文章を書きはじめたか正確な記憶がないが、多くの人がそうだったように、最初は私も、「ワープロ」と呼ばれた日本語を入力するための専用マシンを使っていた。新しもの好きだったせいだろう、ワープロも比較的、使いはじめるのが人より早かったように思う。けれど、それだけでは満足がいかず、すぐにコンピュータに手を出した。インターネットがあたりまえのいまとなっては、いかにも古めかしい言葉に聞こえる「パソコン通信」も周囲の誰よりも先にはじめた。かれこれ二十年近くも過去の話。八〇年代の終わりから、九〇年代のはじめではなかったか。

いまでは誰もが、簡単にネットへ接続する。仕事でもプライベートでも、コンピュータや携帯電話を使い、さまざまな情報を得たり、メールを書くのがあたりまえになっている。私が「パソコン通信」をはじめた二十年ほど前は、そんなことをしている人間は、たいてい白い眼《め》で見られた。むしろ異常な人間であるかのような扱いを受けた。まして私は、「コンピュータプログラマーになる」という、どうかと思うような宣言もしていた時期があり、おかしくなっちゃったよ、あの人、と知人たちから思われた。だからといって、あらかじめ断っておきたいのは、「コンピュータのヘビーユーザー＝オタク」といった図式はさほど正確ではないことだ。たしかにないわけではない。けれどなぜか、そういった傾向ばかりがことさら強調される。はっきり言っておくが、ヘビーユーザーのみんながみんな、フィギュアだの、美少女キャラだの、コスプレだの、コミケに興味があるわけではけっしてない。

はっきりさせておきたいのだ。

私がそうである。私は、一度たりともコミケなどに行ったことがない。ただの機械好きだ。ただの、新しもの好きだ。するといきおい、「オタク」とはなにかについて詳しく語りたくもなるが、これはそんなことを論考する文章ではない。

本書について少し説明しよう。

それというのも、どうしてこんな文庫になったか、説明しないとよくわからない複雑な経緯があるからだ。もともと、雑誌「MACPOWER」の連載をまとめて『レンダリングタワー』(アスキー)という単行本が出たのは二〇〇六年一月のことだ。本書はそれを元にしている。単行本が刊行されたのちもまだ連載が続いていたので、単行本に未収録の原稿がかなりあった。本書はそれを含めた。全体の半分近くになるだろうか。さらに、『レンダリングタワー』に入っていない原稿も収めたが、それには特別な理由がある。「MACPOWER」の連載だけに、当然だがアップル社の

「Macintosh」というコンピュータと、デジタル関連の話題をテーマにしていた。単行本化に向けて作業をしているとき、「MACPOWER」の編集長だった高橋さんが、少し驚いたような表情で意外なことを言ったのだった。

「宮沢さん。落ちついて聞いてくださいい。連載原稿がこれだけの量ありますが、驚いたことに、デジタルとはまったく関係のない原稿がいくつかあります」

そう聞かされてはじめて私も気がついた。すっかり、Macintoshのことも、デジタルのことも、コンピュータのことも忘れ、テーマからまったく外れたことを書いていたのだった。連載中にそれを指摘してくれなかった編集部もどうかと思うが、まったく忘れていた自分がいよいよだめだ。忘れていたのである。不思議でならない。

これぞ、「なにも考えない連載」である。

たとえばそれは、「日本列島洞窟《どうくつ》の旅」という連載を続け、洞窟を訪ねて文章を書いていたにも拘《かかわ》らず、旅の途中、やけに美味《おい》しいものを食べてしまったので、洞窟のことをすっかり忘れ、「イクラ丼《どん》」について書いてしまうようなものである。その回に限って、洞窟の話はまったく出てこない。「洞」もなければ、「窟」もない。ただただ、イクラの話だけで終わってしまう。そして、その連載が、たとえば一般的な週刊誌だったら、なにげなく「北海道のイクラ丼」が紹介されてもべつに不自然ではないかもしれないが、それが、「洞窟専門誌」だったらどうか。

「月刊洞窟力」

すごい専門誌だ。正直、いま適当に思いつきで書いたが、無性に読みたくなった。ともあれ、そこに「イクラ丼」の話が出てきたら、洞窟好きの誰かが文句を言ってもおかしくないし、そもそも、編集部の内部で問題になると思う。

「宮沢さん、イクラの話はまずいですよ。そりゃあ、たしかに美味しかったかもしれません。あたしもね、イクラは好きですがね、そりゃあ、あれば当然、食べますよ。ばくばくばくばく、あれば食べますけどね、原稿となると話はべつです。なにしろうちは、洞窟専門誌です。月刊洞窟力なんですから」

まったくである。そして、「MACPOWER」は、ここでいうところの「洞窟専門誌」だ。「洞窟力」だ。誌名にアップル社のコンピュータ「Macintosh」が、「MAC」と略されて入っている。イクラの話はまずい。たしかにイクラは美味しいに決まっている。北海道のイクラは極上の味にちがいないだろうが、「ああ、うまかったうまかった、これで一杯千円は格安。食事のあとは近くの宿の温泉に入って極楽気分」などと、のんきなことを書いている場合ではないのである。

しかし、文庫化するにあたって、デジタルとは関係のない文章もあらためて収録することにした。文庫だったらいいのではないか。しかも、そこにある種の「お得感」が生まれる。文庫化にあたって、新潮社の文庫編集部はそのことについてなにも言わなかったし、むしろ、「たしか、単行本に入っていない原稿があるはずです。あれも入れましょう」という私の言葉になんのためらいもなく同意してくれたからである。これこそ「狙《ねら》い」にちがいない。人はお得感を求めている。だからといって、「巻末付録　全国美味しいイクラ丼のあるお店　写真付き」といったことではけっしてないのだ。お得だったらなんでもいいわけではない。まして、「美味しいイクラ丼が食べられる、全国美人女将《おかみ》のいる温泉宿」でもぜったいにないのだ。なぜなら、これはグルメ本ではないからである。

ちがうに決まってるじゃないか。基本的にはコンピュータとそれを取り巻く文化について書かれたエッセイ集だ。ばかばかしいことが書かれていると思うかもしれないが、文化についての多面的な考察だと思って読んでほしい。まあ、多分に、ばかばかしいわけだけれど。

かつても、コンピュータ雑誌に連載した文章をまとめて単行本にしたことがあった。もう数年前になる。そのころはまだコンピュータの話にしろ、インターネットの話にしろ、まだ専門性があった。いまはその敷居がずいぶん下がったのを感じる。先に書いたように、圧倒的なネットの普及が背景にありはしないだろうか。だからといって、私は、「コンピュータ万歳」「ネット万歳」「新しいジャーナリズムはネットから」とか、「携帯小説の時代」「ネットで音楽配信」「新しいコミュニケーションはネットから」などという言葉に迎合したい気持ちはまったくないのだ。

むしろ、そう考えている者らを笑いたいと思って本書のような原稿を書いた。ばかやろう、なにがIT企業だ。なにがミクシィだ。ふざけるなこのやろう。

かつてテレビ放送だって、映画産業や、出版産業をおびやかす巨大なベンチャーだったが、だからといって、映画も書物もなくなりはしない。活字が読まれなくなったとか、新聞の広告費をネットの広告費が追い抜いたとか、いろいろあったところで、私は、本が好きだし、新聞が好きだ。紙が好きだ。メディアは変化する。それは当然のことだし、そうした時代のなかで衰退し消えてゆくメディアもきっとあるし、コンピュータを操作する快感は私も十分知っている。けれど、すべては同じように存在し、それぞれのよさを活用するからこそ、より豊かに人はものと接することができる。だから笑いたい。コンピュータを笑いたい。笑って接することはきわめて健康的なことだ。

最後に文庫化するにあたって、いろいろな方の力をお借りしたことを、きわめてわたくしごとながら記録しておきます。そもそも、単行本『レンダリングタワー』がなければ、本書は生まれなかったわけで、元「MACPOWER」編集長・高橋幸治さんにまずはお礼を言いたい。ありがとうございました。それから、連載時からずっと、イラストを添えてくれた宮本ジジさんにも感謝。締め切りぎりぎりで原稿が届いたので、毎月、大変だったにちがいないけれど、文庫化にあたっても、イラストを使わせていただきました。新潮社の石戸谷渉さんにもお世話になりました。やはり文庫本の『よくわからないねじ』に続いて仕事を一緒にさせてもらいました。

それぞれの方たちと、またいつか仕事ができればこんなに幸福なことはない。

二〇〇八年十一月二十四日

宮沢章夫

この作品は平成十八年一月アスキーより刊行された『レンダリングタワー』に雑誌「ＭＡＣ ＰＯＷＥＲ」連載コラム「ノート～コンピュータとＭａｃにまつわる思考の遍歴」の平成十六年十一月号、平成十七年三月号、同十二月号～平成十九年十月号掲載分を加えて再編集したものである。

宮沢章夫著
牛への道

新聞、人名、言葉に関する考察から宇宙の真理に迫る。岸田賞作家が日常の不思議な現象の謎を解く奇想天外・抱腹絶倒のエッセイ集。

宮沢章夫著
わからなくなってきました

緊迫した野球中継で、アナウンサーは、なぜこう叫ぶのか。言葉の意外なツボを、小気味よくマッサージする脱力エッセイ、満載！

宮沢章夫著
よくわからないねじ

引出しの中の正体不明のねじはいつか役に立つのか?? 等々どーでもいい命題の数々に演劇界の鬼才が迫る、究極の脱力エッセイ集。

中島義道著
私の嫌いな10の言葉

相手の気持ちを考えろよ！ 人間はひとりで生きてるんじゃないぞ。――こんなもっともらしい言葉をのたまう典型的日本人批判！

中島義道著
働くことがイヤな人のための本

「仕事とは何だろうか?」「人はなぜ働かなければならないのか?」生きがいを見出せない人たちに贈る、哲学者からのメッセージ。

中島義道著
私の嫌いな10の人びと

日本人が好きな「いい人」のこんなところが嫌いだ！「戦う哲学者」が10のタイプの「善人」をバッサリと斬る、勇気ある抗議の書。

酒井順子著　29歳と30歳のあいだには

女子（独身です、当然）の、29歳と30歳のあいだには、大きなミゾがあると、お思いになりますか？　渦中の人もきっと拍手の快著。

酒井順子著　観光の哀しみ

どうして私はこんな場所まで来ちゃったの……。楽しいはずの旅行につきまとうビミョーな寂寥感。100％脱力させるエッセイ。

酒井順子著　箸の上げ下ろし

男のカレー、ダイエット、究極のご飯……。「食」を通して、人間の本音と習性をあぶりだす。クスッと笑えてアッと納得のエッセイ。

原田宗典著　十九、二十

僕は今十九歳で、あと数週間で二十になる。彼女にはフラれ、父が借金を作った。大学生・山崎の宙ぶらりんで曖昧な時を描く青春小説。

原田宗典著　劇場の神様

神様は楽屋口のあたりにいる……舞台という異世界に訪れた奇跡の時を描く表題作ほか、巧みな物語と極上のユーモア溢れた小説集！

原田宗典著　ハラダ発ライ麦畑経由ニューヨーク行

「ライ麦畑」の舞台に惹かれ飛び込んだ初めてのNYはトラブル続きで、いやん、大好き。好奇心全開の爆笑トラベルエッセイ！

村上春樹
安西水丸著
村上朝日堂

ビールと豆腐と引越しが好きで、蟻ととかげと毛虫が嫌い。素晴らしき春樹ワールドに水丸画伯のクールなイラストを添えたコラム集。

村上春樹
安西水丸著
村上朝日堂の逆襲

交通ストと床屋と教訓的な話が好きで、高いところと猫のいない生活とスーツが苦手。御存じのコンビが読者に贈る素敵なエッセイ。

村上春樹著
村上朝日堂 はいほー！

本書を一読すれば、誰でも村上ワールドの仲間になれます。安西水丸画伯のイラスト入りで贈る、村上春樹のエッセンス、全31編！

群ようこ著
鞄に本だけつめこんで

本にまつわる様々な思いを軽快な口調で語りながら、日々の暮らしの中で親しんだ24冊の本を紹介。生活雑感ブック・ガイド。

群ようこ著
街角小走り日記

特別な事件より、普通の毎日。奇人変人より、あなたの隣人。そんな《日常》にこそ面白い出来事は潜んでいる！ 痛快無比のエッセイ集。

群ようこ著
交差点で石蹴り

偽ブランドの指輪をしつづける女心のいじらしさ。試してびっくりノーパン健康法――。世の中ドラマがいっぱい。痛快エッセイ69編。

阿川佐和子ほか著

ああ、恥ずかし

こんなことまでバラしちゃって、いいの!? 女性ばかり70人の著名人が思い切って明かした、あの失敗、この後悔。文庫オリジナル。

阿川佐和子ほか著

ああ、腹立つ

映画館でなぜ騒ぐ? 犬の立ちションやめさせよ! 巷に氾濫する〝許せない出来事〟をバッサリ斬る。読んでスッキリ辛口コラム。

吉田 豪 著

元アイドル!

華やか、でも、その実態は過酷! 激動の少女時代を過ごし、今も輝きを失わない十六名の芸能人が明かす、「アイドルというお仕事」。

松尾スズキ著

スズキが覗いた芸能界

俳優、演出家、脚本家にして、映画監督。しかし、永遠になじめない男が見た、芸能界とは……。阿部サダヲとの爆笑対談も収録!

ビートたけし著

頂上対談

そんなことまで喋っていいの——!? 各界で活躍する〝超大物〟たちが、ついつい漏らした思わぬ「本音」。一読仰天、夢の対談集。

いかりや長介著

だめだこりゃ

ドリフターズのお化け番組「全員集合」の裏話、俳優転進から「踊る大捜査線」の大ヒットまで。純情いかりや長介の豪快半生を綴る!!

新潮文庫最新刊

荻原浩著
押入れのちよ
とり憑かれたいお化け、No.1。失業中サラリーマンと不憫な幽霊の同居を描いた表題作他、必死に生きる可笑しさが胸に迫る傑作短編集。

吉村昭著
彰義隊
皇族でありながら朝敵となった上野寛永寺山主の輪王寺宮能久親王。その数奇なる人生を通して江戸時代の終焉を描く畢生の歴史文学。

赤川次郎著
無言歌
お父さんの愛人が失踪した。それも、お姉ちゃんの結婚式の日に……女子高生・亜矢が迷い込む、100%赤川ワールドのミステリー！

今野敏著
武打星
武打星＝アクションスター。ブルース・リーに憧れ、新たな武打星を目指して香港に渡った青年を描く、痛快エンタテインメント！

米村圭伍著
退屈姫君 これでおしまい
巨富を生み出す幻の変わり菊はいずこへ？「菊合わせ」を舞台にやんちゃな姫とくノ一コンビが大活躍。「退屈姫君」堂々の完結！

神崎京介著
不幸体質
少しだけ不幸。そんな恋だからこそ、やめられない――。恋愛小説の魔術師が描く、男と女の赤裸々なせめぎあい。甘くて苦い連作集。

新潮文庫最新刊

海道龍一朗著
北條龍虎伝
大軍八万五千に囲まれた河越城、守る味方はわずか三千。北條氏康、綱成主従の絆と戦国史に特筆される乾坤一擲の戦いを描いた傑作。

阿刀田 高著
チェーホフを楽しむために
様々な人生をペーソス溢れるユーモアでくるんだ短編の数々――その魅力的な世界を、同じく短編の名手が読み解くチェーホフ入門書。

吉本隆明著
詩の力
露風・朔太郎から谷川俊太郎、宇多田ヒカルまで。現代詩のみならず、多ジャンルに展開する詩歌表現をするどく読み解く傑作評論。

養老孟司著
かけがえのないもの
何事にも評価を求めるのはつまらない。何が起きるか分からないからこそ、人生は面白い。養老先生が一番言いたかったことを一冊に。

池田清彦著
だましだまし人生を生きよう
東京下町に生れ、昆虫に夢中だった少年は、やがて日本を代表する気鋭の生物学者に。池田流人生哲学満載の豪快で忌憚のない半生記。

倉本 聰著
北の人名録
永遠の名作「北の国から」が生まれた富良野。その清冽な大地と鮮烈な人間を活写。名脚本家による伝説のエッセイ、ついに文庫化。

新潮文庫最新刊

宮沢章夫著

アップルの人

デジタル社会は笑いの宝庫だ。Ｍａｃ、秋葉原からインターネット、メールまで。パソコンがわからなくても面白い抱腹絶倒エッセイ49編。

中島岳志著

インドの時代
―豊かさと苦悩の幕開け―

日本と同じように苦悩する、インド。我々と異なる問題を抱く、インド。気鋭の研究者が、知られざる大国の現状とその深奥に迫る。

青木玉著

着物あとさき

祖父・幸田露伴から母・幸田文へと引き継がれた幸田家流の装いの極意。細やかな手仕事を加えて、慈しんで着続ける悦びを伝える。

野瀬泰申著

天ぷらにソースをかけますか?
―ニッポン食文化の境界線―

赤飯に甘納豆!?「天かす」それとも「揚げ玉」? お肉と言えばなんの肉? 驚きと発見の全国〈食の方言〉大調査。日本は広い!

伊東成郎著

幕末維新秘史

桜田門外に散った下駄の行方。西郷を慕った豚姫様。海舟をからかった部下。龍馬を暗殺した男。奇談、珍談、目撃談、四十七話を収録。

関裕二著

藤原氏の正体

藤原氏とは一体何者なのか。学会にタブー視され、正史の闇に隠され続けた古代史最大の謎を解き明かす、渾身の論考。

アップルの人《ひと》

新潮文庫　み－24－4

平成二十一年一月一日発行

著者　宮《みや》沢《ざわ》章《あき》夫《お》

発行者　佐藤隆信

発行所　株式会社新潮社

郵便番号　一六二―八七一一
東京都新宿区矢来町七一
電話　編集部（〇三）三二六六―五四四〇
　　　読者係（〇三）三二六六―五一一一
http://www.shinchosha.co.jp

価格はカバーに表示してあります。

乱丁・落丁本は、ご面倒ですが小社読者係宛ご送付ください。送料小社負担にてお取替えいたします。

印刷・株式会社光邦　製本・株式会社植木製本所

ISBN978-4-10-146324-7 C0195